KB138078

짧 같은 인생

짤 같은 인생

초판 1쇄 인쇄 2024년 9월 12일
초판 1쇄 발행 2024년 9월 19일

지은이 MOH

발행인 장상진
발행처 (주)경향비피
등록번호 제2012-000228호
등록일자 2012년 7월 2일

주소 서울시 영등포구 양평동 2가 37-1번지 동아프라임밸리 507-508호
전화 1644-5613 | **팩스** 02) 304-5613

ISBN 978-89-6952-594-9 03810

· 값은 표지에 있습니다.
· 파본은 구입하신 서점에서 바꿔드립니다.

짤 같은 인생

MOH
지음

경향BP

프롤로그

안녕하세요.

유쾌, 상쾌, 통쾌한 매력의 '오늘의 짤'을 제작한 MOH입니다.

이번에 오늘의 짤의 어딘가 병맛스럽지만 공감되는 이야기들이 에세이로 나왔습니다!

다들 박수!!!

오늘의짤이 온라인을 넘어 오프라인으로 커가는 모습은 언제 봐도 감개무량하네요ㅠㅠ

사실 짤군을 만들게 된 계기도 큰 이유는 아니었어요.

요즘은 메신저로 대화할 때 글보다는 '짤'을 많이 사용하잖아요.

그래서 다들 '짤줍'(짤을 줍는다)을 하기도 하고요.

그런데 수집한 짤을 대화에서 사용하려면 매번 사진첩을 뒤져야 해서 번거롭더라고요.

그 번거로운 과정을 최소화하고, '짤 같은' 이모티콘을 만들어 보면 좋겠다는 생각이 들어 제작하게 된 게 '짤군'이에요.

다양한 짤이 될 수 있는 장점이 있었기에 더욱더 풍부한 표현을 할 수 있었고, 많은 분이 공감해 주실 수 있는 계기였던 것이 아닐까 생각해요.

이 책은 그런 '오늘의짤'스럽다고 할 수 있는 다양하고 병맛스러운 경험들을 담았어요.

그 내용은 인터넷으로만 보았던 유명한 짤일 수도 있고, 저희 직원들의 애환이 담긴 이야기일 수도 있고, 여러분이 살면서 겪는 일상 속 이야기일 수도 있죠. 모두 흔하고 어디에서도 볼 수 있는 소재이지만 그렇기에 누구나 공감할 수 있는, 한순간 피식 웃음을 지을 수 있는 소소한 행복이 되기를 생각하면서 만들었어요.

살다 보면 힘들고 어려운 일이 많아요.

그렇지만 그럴 때 주눅 들어 자신을 잃어선 안 된다고 생각해요.

그럴 때마다 오늘의짤처럼 병맛스럽지만 즐기며 살라는 의미에서 이렇게 말하고 싶네요.

모두 짤 같은 인생 사세요!

정말 같다~!

차례

1장 내 옆에는 언제나 네가

2장 내 가슴속엔 오늘도 사직서가

3장 내 주식창은 왜 항상 파랄까

4장 전부 맛있어서 큰일이야

5장 나도 그런데

6장 그땐 그랬지

1장

내 옆에는 언제나 네가

강아지랑 같이 잘 때

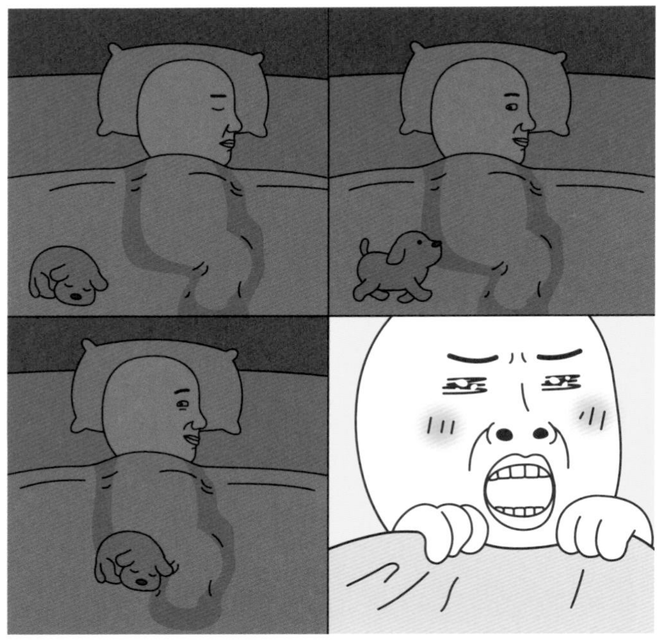

반려동물 키우기 전후

동물 키우기 전
동물 키우는 중

개가 사람을 깨우는 6가지 방법

이불파기

팍!
팍!
팍!
팍!

핥기

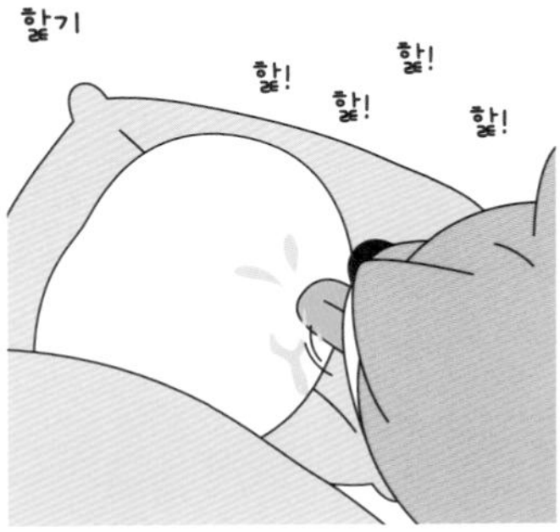

핥!
핥!
핥!
핥!

존재감 내기

이래도
안 일어나냐
낑
낑
낑
낑

베개 뺏기

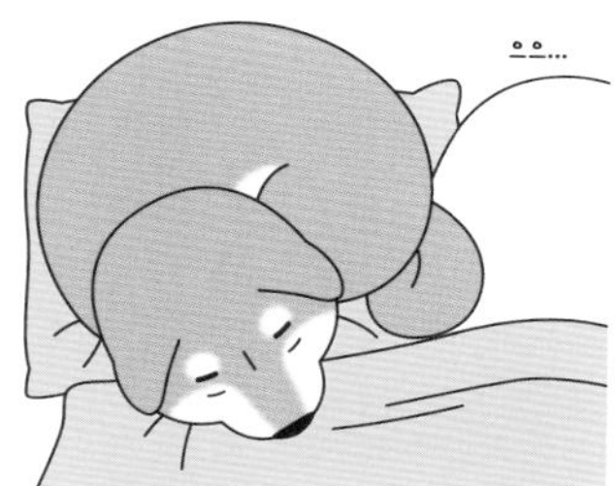
으으...

재채기하기

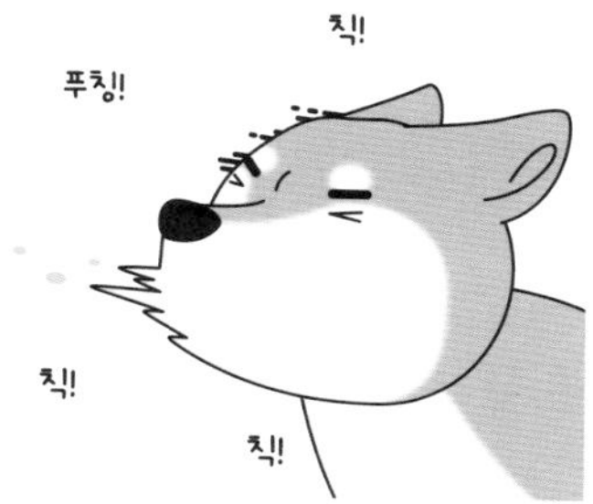
칙!
푸칭!
칙!
칙!

(최후의 수단) 짖기

멍!
으으...
시바 왜...

강아지 산책 유형별 공감

내가 먼저 갈 거야

통제불능형

주인과 발 맞춰 나란히!

보디가드형

초면이지만, 사랑합니다.

애교쟁이 사랑꾼형

?
헥
헥

전부 먹어치워 주마!

씹고 뜯고 맛보고 즐기는 형

안 돼...!!!!
쩝
쩝
쩝

반려 고양이 사진 찍을 때

구여워...
냐옹
!!!!!!!!!!!

카메라!
카메라!
카메라!

……

고양이는 귀여워

난 뚱뚱해도 귀엽지만
너희들은 아니란다.

반려동물 키우는 사람은 알지~

부모님 주무실 때 나, 내가 잘 때 부모님

<부모님 주무시고 계실 때, 나>
발소리 안 나게 걷기
살금
컵도 소리 안 나게 살살 놓기

<내가 자고 있을 때, 부모님>

드르르륵 드르륵
우당탕쿵탕

엄마와 나의 설거지차이

엄마들은 왜?!

전화할 때 목소리가 바뀔까?
여보세요옹~

엄마의 거짓말 TOP 5

〈1위〉
빨리 일어나!
벌써 8시야!!
으으어...?
〈2위〉
1등 하면 다~ 사줄게~
내가 1등을 어떻게 해...
엄마 닮았는데...

〈3위〉
아들~ 나와서
밥 먹어~
...? 밥이 없는데...?
상 좀 닦고 숟가락 놓고
밥 좀 푸고 그래.

〈4위〉
솔직하게 말하면
용서해줄게
품 속에 있는 거
내놔봐.

〈5위〉
엄마는 이런 거
필요없는데~

할머니의 사랑

오늘은 진짜 조금만 먹을 거야!

할무니~손자 왔떠염

우리 손자
왜 이리 말랐어..
마이 묵거라

뜨씨...

사는 이유

두짤아
너는 왜 사니
나는..

가끔 좋은 친구들 만나고

누워서 좋은 노래 듣고

맛있는 거 먹으려고 살지

혼자도 싫고 사람 많은 것도 싫은

아...

심심하다...

아...

집에 가고싶다...

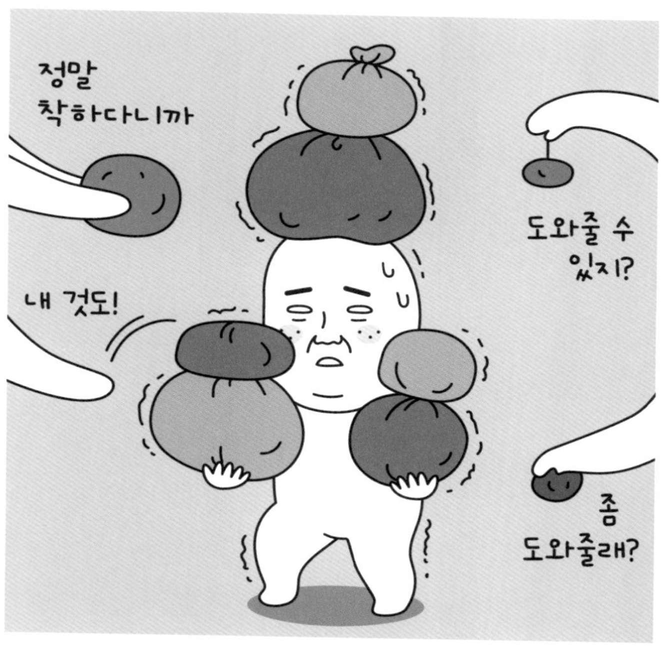
정말
착하다니까
내 것도!
도와줄 수
있지?
좀
도와줄래?

인간관계 2

너무 꽉 막혀 살 필요 없는 것 같아

나도 가끔은 누군가에게 기대고 싶어

다시는 시도하지 말아야지...

ㅋㅋㅋㅋ 칠 때 표정

ZZAL
97% 10:00AM
ZZALGUN
복숭아가 결혼하면 뭐게ㅋㅋㅋㅋㅋㅋ
뭔데ㅋㅋㅋㅋㅋㅋㅋ
ZZALGUN
웨딩 피치ㅋㅋㅋㅋㅋㅋ ㅋㅋㅋㅋㅋㅋㅋㅋㅋㅋ
전송

ZZAL
97% 10:00AM
ZZALGUN
복숭아가 결혼하면 뭐게ㅋㅋㅋㅋㅋㅋ
뭔데ㅋㅋㅋㅋㅋㅋㅋ
ZZALGUN
웨딩 ㅍㅣㅊㅣㅋㅋㅋㅋㅋㅋ ㅋㅋㅋㅋㅋㅋㅋㅋㅋㅋㅋ
개웃겨ㅋㅋㅋㅋㅋㅋㅋㅋㅋㅋㅋㅋㅋㅋ
전송

물건 샀을 때 사진 자랑 남녀 차이

zzalgun

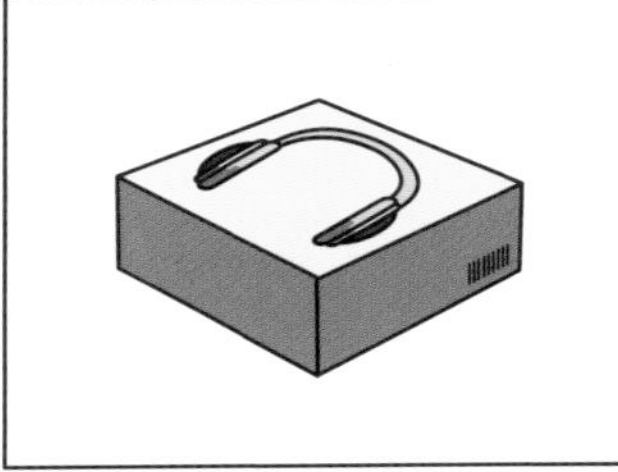

좋아요 2개

zzalgun 헤드폰 새로 삼

1일 전

22al_sheep
my love house

좋아요 345개

22al_sheep 힐링엔 음악이지

댓글 89개 모두보기

22al_sheep #daily #music #headphone #맞팔 #좋반 #좋아요 #선팔 #선팔하면맞팔 #좋아요반사 #맞팔환영 #소통해요 #소통 #인친환영 #일상 #selfie #얼스타그램

1일 전

미용실에서 남자와 여자 차이

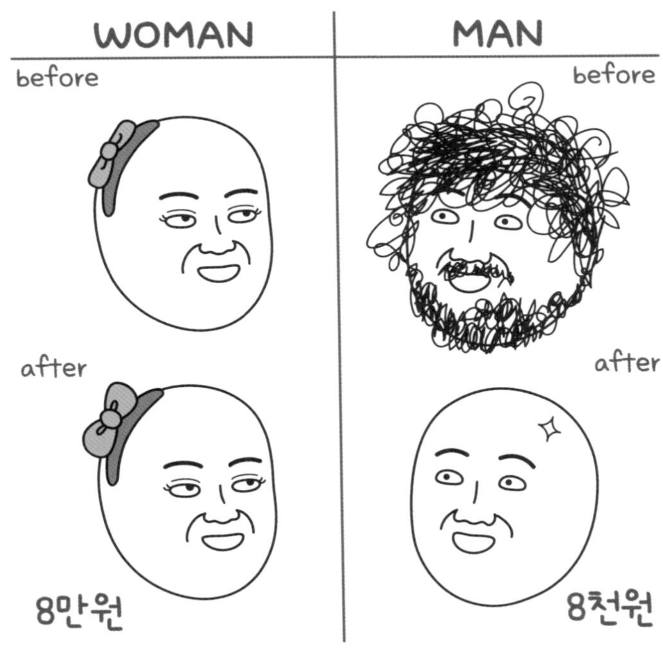
WOMAN
MAN
before
before
after
after
8만원
8천원

친구가 과자 달라고 할 때

엇!!
과자다!!!!
나도 좀 줘
그래!~
자 여기!
저 새끼는
맨날 얻어먹네
많이 가져가기만 해봐

친구가 먹을 거 나눠줄 때

걍 친구가 나한테
먹을 거 나눠줄 때
절친이 나한테
먹을 거 나눠줄 때
오 고마워!
...?

친구에게 웃긴 것을 보여 줄 때

혼자서 볼 때

ㅋㅋㅋㅋㅋㅋㅋㅋㅋㅋㅋㅋㅋㅋ
ㅋㅋㅋㅋㅋㅋㅋㅋㅋㅋㅋㅋㅋㅋ
ㅋㅋㅋㅋㅋㅋㅋㅋㅋㅋㅋ
ㅋㅋㅋㅋㅋㅋㅋㅋㅋㅋㅋㅋㅋㅋ
개웃기네

친구 보여 줄 때

잠만 기다려... 좀 있음 웃겨
?
?

아플 때 친구

내가 아플 때 그냥 친구

몸 좀 괜찮아?
약 잘 챙겨 먹어

내가 아플 때 찐친

ㅋㅋ 걍 죽어
너 죽으면 컴퓨터 내 거

2장

내 가슴속엔 오늘도 사직서가

회사에 감탄하는 순간

와...! 이런
주요 업무를
이렇게
주먹구구식으로
한다고...?!

말하기 전에
생각했나요?

밑고 거르는 과장님의 말투

과장님, 식사 하셨어요?
밥을 먹었으니
커피를 마시고 있겠지?

이번 프로젝트 힘드네요..
그 정도면 괜찮은 거야~
나 때는 말이야~~

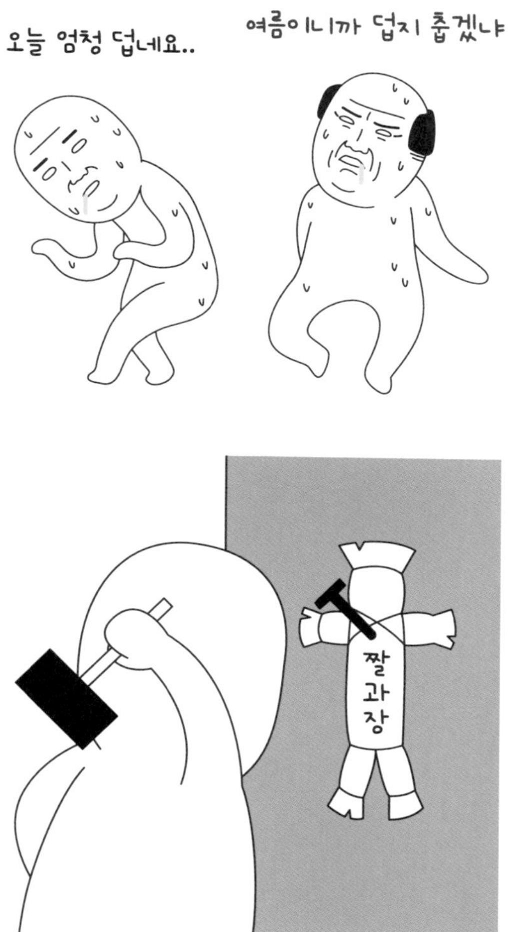
오늘 엄청 덥네요..
여름이니까 덥지 춥겠냐
짤과장

회식에서 억지로 술을 먹게 되는 과정

먹는 척만
하자...

"벌컥어컥커어컥컥"

의외로 회사에서 하면 실례인 행동 1

톡!
진짜진짜 최종파일_20.psd
톡!
팀장님, 최종 수정본 보내드립니다..
으어어...

진짜진짜 최종파일_20.psd
팀장님, 최종 수정본 보내드립니다..
음...
처음게 낫네...?
그냥 처음꺼로 하자ㅋ
커헉...!

1. 20번 수정했는데 첫 번째 걸로
하자는 팀장 목조르기
짤대리 말려!!
팀장님!!
탁
탁
팀
장

짤대리~ 오늘따라
엉덩이가 더 튼실하니, 섹시하네~

2. 성희롱 일삼는 상사한테
툼스톤 파일 드라이버 꽂기
응. 너한테 이거
먹일려고 매일 단련했어.
그리고 난
남잡니다
휴먼.
쿠
웅

일주일 만에... 집에... 갈... 수... 있어...!
이제... 남은 건...!
왈칵

3. 일주일 밤새고 퇴근할 때
불 지르고 나오기
정
구
Z상사
의
현

모두 다 하면 안돼요!!
N
O

의외로 회사에서 하면 실례인 행동 2

사실 짤군이...
소근
!
소근
1. 내 뒷담화 하고 다닌 동기에게 체어샷 날리기
동기야, 다시 말해볼련?
너어는~
사람이~
얼굴이~
사수
...

2. 오늘따라 더 X같은 진상 사수 암바 걸기

도대체가!
똑바로 하는 게 뭐야!?
과장
팍!

3. 책임은 안 지고 갈구기만 하는 과장 헤드샷 갈기기
타앙

이 회사는 도대체가~
나 없으면~~
...
나선임

4. "나 없으면 회사 안 돌아가"가
말버릇인 선임 없애보기
읍 읍

참아야 하느니...

의외로 회사에서 하면 실례인 행동 3

회의만 4시간째...
다른 아이디어 없나?
으어어...
팀장
내보내줘...

1. 주구장창 회의만 하는 회의실에
수류탄 던지기
회의 좀 그만해!!
쾅!!

이번 아이디어 좋았네!
감사합니다 ㅎㅎ

2. 아이디어 가로챈 부장에게
저먼 스플렉스 걸기
내 아이디어를
왜 니꺼인 양
얘기하냐?

곧…퇴근…!

이거 내일 아침까지 좀 부탁하네~
쿵
퇴근시간인데…?!

다음날
이것도 낼 아침까지 좀 ㅎ
쿵

3. 퇴근시간만 되면 일 던지는
이사 방에 바주카포 쏘기
전무이사실

내 꿈은 돈 많은 백수인데…

내 꿈은 돈 많은 백수인데
언제쯤 이루어질까?
반은 이미 이뤘네

내가 왜 출근해야 하지?

내가 왜 출근을 해야 하지?
.........!
출근하기 ㅈㄴ 싫은데
내가 왜 출근을 해야 하냐고

퇴사 효과

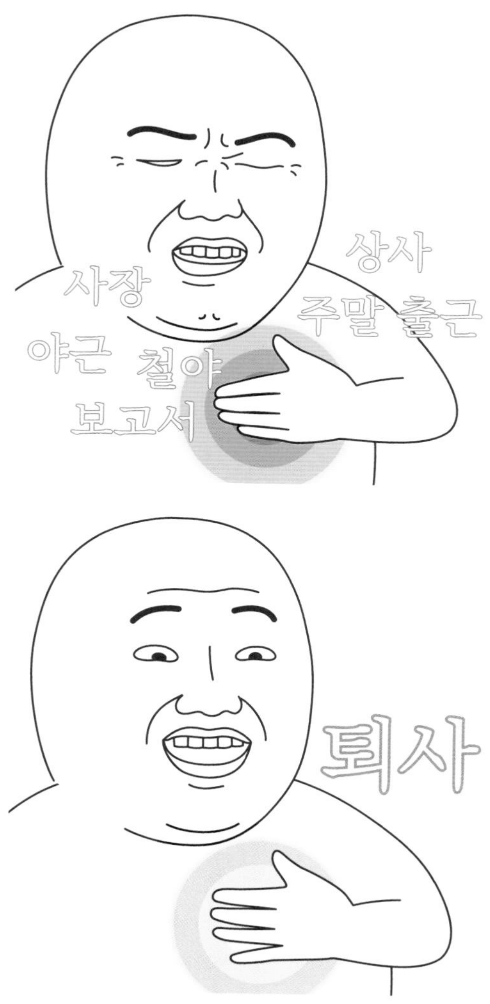

상사
사장
주말 출근
야근
철야
보고서
퇴사

회사 그만둘 때 하고 싶은 것

제가 드디어
여길 그만둔다는
말씀을 드려야겠네요

분명 신입 채용인데,
지원자 대부분 경력자임.

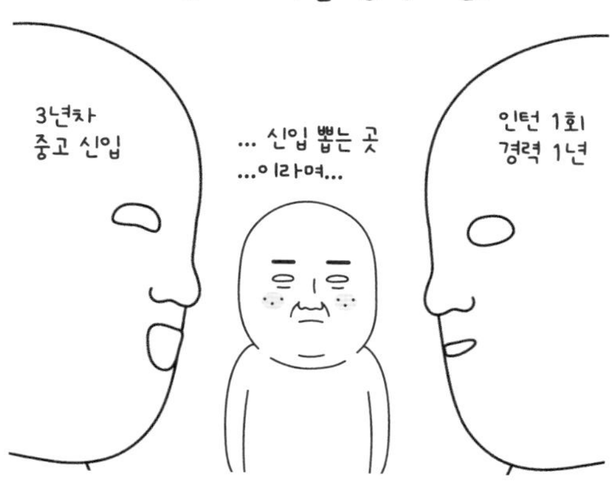
3년차
중고 신입
... 신입 뽑는 곳
...이라며...
인턴 1회
경력 1년

다른 지원자 대답 경청하는 척함
(속으론 난 답변 어떻게 할지 생각함)

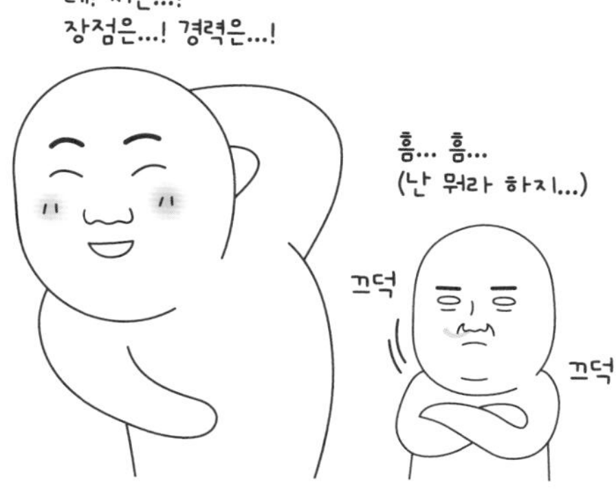
네! 저는...!
장점은...! 경력은...!
흠... 흠...
(난 뭐라 하지...)
끄덕
끄덕

그러나 혼자 다른 질문 받고 당황함

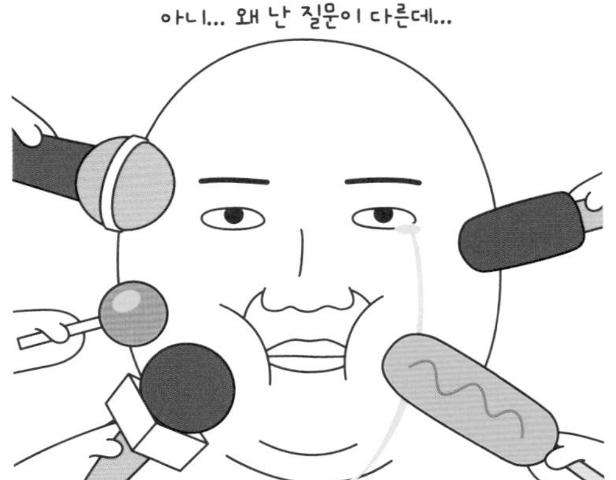
아니... 왜 난 질문이 다른데...

시간이 지남에 따라
머릿속이 하얗게 변함

어... 그러니까... 내 이름이...어...

끝나고 나면 왠지 울적함
왜 태어났지 나...

신입과 경력직의 차이

업무 실수했을 때

신입
어쩌지... 나 짤리나... 어떡하지...? 어떡해... 아직 학자금 대출 남았는데... 몇학기 남았지... 통신비도 내야하고... 이번달 카드비는 얼마지? 사고 싶은 것도 아직 많은데... 이번에 뭐 나왔는데
n년차
뭐. 어쩌라고.
평
온

네넵!
네~
네엡!!
앗 네!
알겠습니다~
헉 네!

지옥에서 들려오는 그 말

너는 내일 회사에 간다

벌써 월요일이라니…

Monday

아직 수요일이라니…

글렀어...
아직 수요일이라니..

요일별 표정 변화

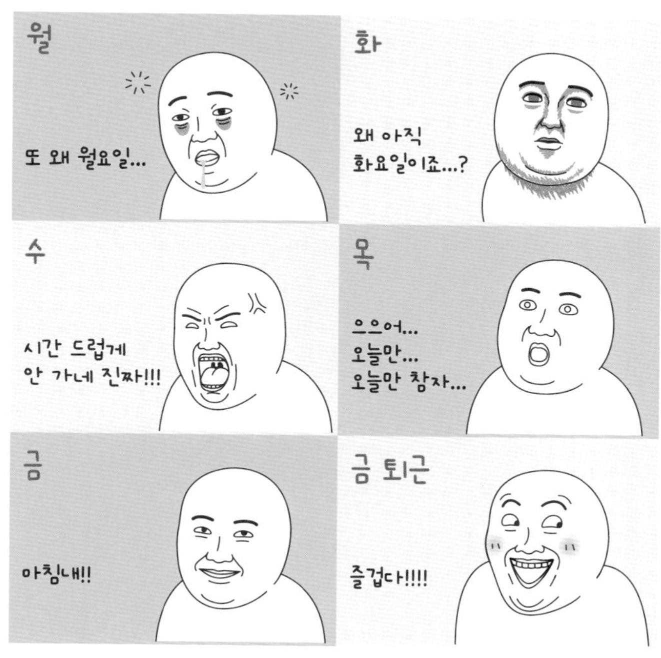
월
또 왜 월요일...
화
왜 아직
화요일이죠...?
수
시간 드럽게
안 가네 진짜!!!
목
으으어...
오늘만...
오늘만 참자...
금
마침내!!
금 퇴근
즐겁다!!!!

내일 주말이닷!

씰룩
씰룩
(헤헤)
내일
주말이닷!

야근 묻고 칼퇴로 가!

퇴근 실패 후 야근

퇴근시간
수고하셨습니다~

퇴근하게? 난 야근!

....

엄마 나 야근.. 먼저 밥 먹어..

야근 카톡

1
바빠?

바빠?
바쁘냐고 물으면
대답해주는 게 인지상정
톡

난 일!
난 마감!
톡
톡
...?

난 마감!
난 야근이다옹~!
톡
미쳤군...ㅠㅠ

칼퇴를 외치다

칼~~~~퇴!

출근 계획표

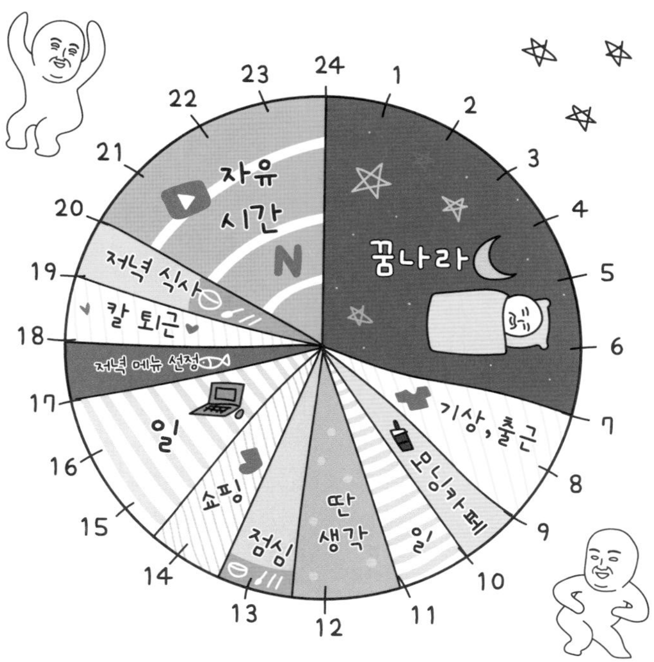

24
1
2
3
4
5
6
7
8
9
10
11
12
13
14
15
16
17
18
19
20
21
22
23
꿈나라
기상, 출근
모닝카페
일
딴 생각
점심
쇼핑
일
저녁 메뉴 선정
칼 퇴근
저녁 식사
자유 시간
N

일어나, 출근해야지

일어나

출근
해야지

이 느낌...
지각이다!!

일하기 싫어증

말이 잘 안 나오고,
매사에 의욕도 없고,
혼자 있고 싶어요...
실어증입니다.
네..?
언어장애?
아녀,
일하기 싫어증

너 일하기 싫어?

이따구로 일할래?! 너 일하기 싫어?!
ZZAL

@ #
* !
일하기 싫은 거
어떻게 알았지...?
티났나...?

일을 해야 하는 이유

아아... 먹고 살려면
어쩔 수 없어...!
건물주로
태어나지
않은 이상
일해야 해 !!!

앉아만 있는데 목이 아픈 이유

앉아만 있었는데
왜 이렇게 몸이
쑤시지?

원인 :

연휴 끝난 게 아니라고 해 줘

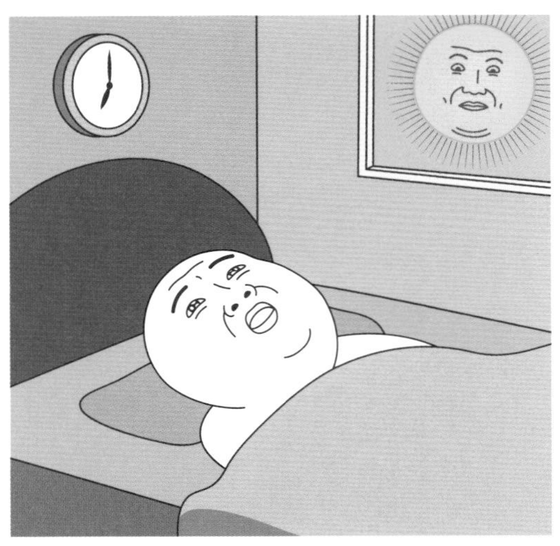

추석 연휴가 끝난 게
아니라고 말해줘

직장인의 사계절

봄 : 나른하니 졸림
여름 : 체력 소모로 인해 졸림
가을 : 선선하니 잠자기 좋아서 졸림
겨울 : 이불 밖은 위험해서 졸림

직장인 5대 허언증

오늘
무조건
칼퇴
칼퇴 못함

내일 연차내고 쉰다...
연차 못냄

진짜 퇴사할 거야!!!!!!!!
퇴사 못함

알겠습니다!
모름

괜찮습니다!
안 괜찮음

재택근무 공감

Q. 재택근무란?

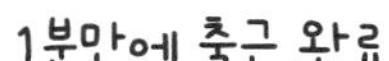
1분만에 출근 완료

회의할 땐

윗도리만!

근데...

집인데 집에 가고 싶...

업무
보고
회의
업무
ZZAL bene

3장

내 주식창은 왜 항상 파랄까

세종대왕님은 늘 옳으시다

세종대왕님
그저... 빛...!
세종대왕님은
늘 옳으시다...
지폐까지도...
만 원

돈
잘 버는
방법
일하세요.

나는 돈을 벌고 싶은 게 아냐

나는 돈을 벌고 싶은 게 아니야
돈이 그냥 있었으면 좋겠어..

거짓말이야...

어떤 정신 나간 X이 돈을
이렇게 많이 썼어!!!!

너ㅋㅋ

내 주머니 속에는 요정이 사는 게 틀림없어

부들부들—
부들부들—
엇!
전화왔네
15:43
알림없음
다리에
문제가 있나?!

심각한 주식 중독증

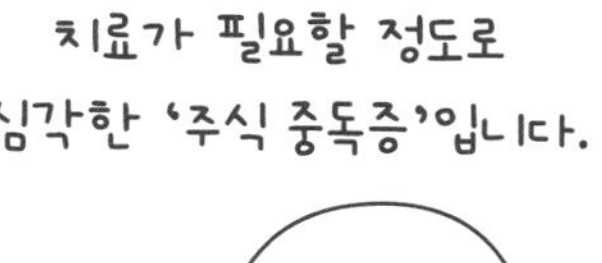
치료가 필요할 정도로
심각한 '주식 중독증'입니다.

흥, 웃기는 소리.
그런 소리는 됐고,
내가 먹는 약 회사
전망은 어떤가??

이건 주식할 돈, 이건 내가 쓸 돈

이건 주식할 돈…

이건 내가 쓸 돈…

존버

어쩌다가 거지가…

짤군(27세)
Q. 어떻게 하다가 거지가 되셨나요?
A. 가즈아, 가즈아. 그게 사람 잡습니다.

없어도 되는 돈이지만
진짜 없어지라고는 안 했어

ㅎㅎㅎ...

주식 명언

10월은 주식투자에
특히 위험한 달 중
하나이다.
다른 위험한 달로는
7월, 1월, 9월,
4월, 11월, 5월,
3월, 6월, 12월, 8월,
그리고 2월이 있다.
짤크 트웨인(1835~1910)

월급 냄새를 마약처럼 맡는 짤군

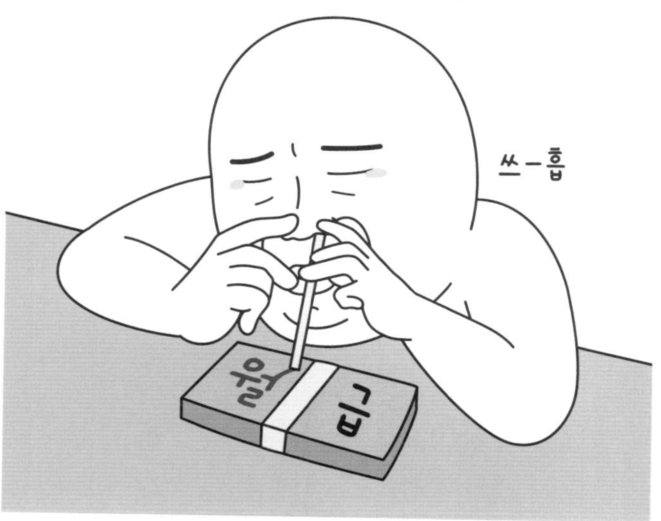
냄새만 맡고 보내줄게...
쓰-읍
월급

통장 잔고 텅장

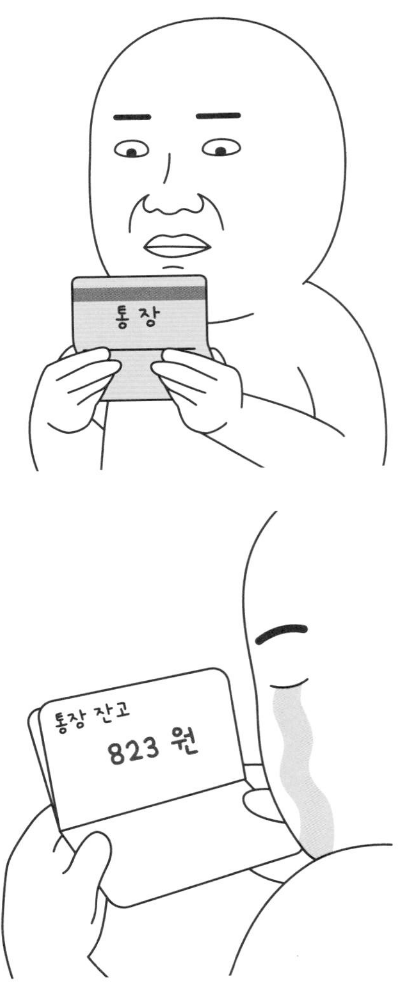
통장
통장 잔고
823 원

다른 사람 돈으로 고기 먹고 싶어

니 돈으로
고기
먹고 싶어요

행복은 돈으로 살 수 없어

휴우...
행복은
돈으로
살 수 없어
돈이
부족한 건
아니구?

행복한 기억 대신에
행복한 71억 갖고 싶다.

행복은 멀리 있는 것이 아니야

"행복은 멀리 있는 것이 아니다."

"X나 멀리 있는 것이다."

ㅅㅂ...

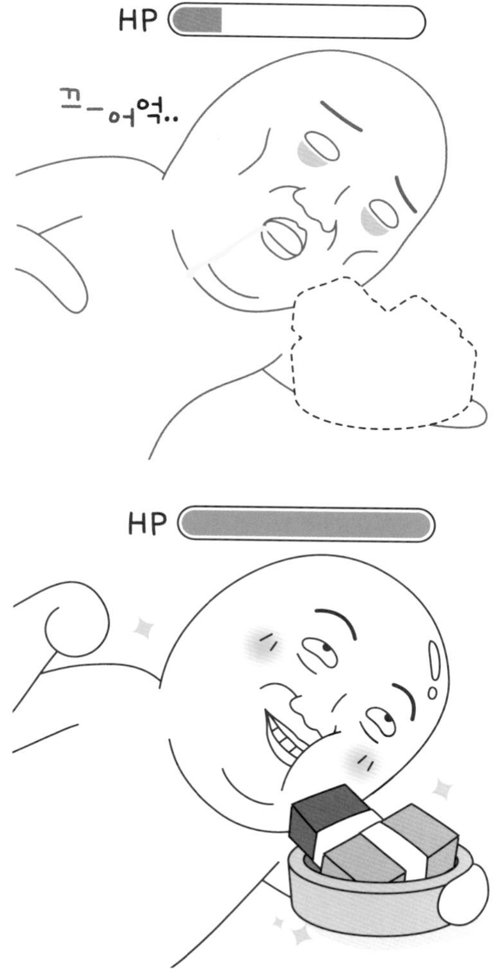
HP
끄-어억..
HP

4장 

전부 맛있어서 큰일이야

과식 그만

그나저나 배고프다

살찔 준비 완료

하루 중 가장 큰 고민

오늘 점심 뭐 먹지

떡볶이 사 주기 쿠폰

떡볶이 사주기 쿠폰
무조건 세트로 사줘야 함
재사용 가능 반박금지
(인)

나는 살쪄도 귀엽거든?
주물
주물
주물
주물
알지도 못하는 게...

체중계야 미안해

방 밖으로 집어던지고
구라쟁이라고 욕해서 미안해

먹고 그냥 가기 뭐할 때

흠……
맛있지?
하나 줘?
시식
코너
고민하는 척…고민하는 척…

먹을 때 빌런 TOP 4

내맘대로 빌런
찍먹파
찍먹파

동의를 구하지 않고 같이 먹는 음식에 못된 짓을 함.
빌런 특성상 부먹파가 많음.

다내꺼야 빌런
음~ 맛있어
그냥 너 다 처먹어
슈슉

무시무시한 식탐의 소유자.
자신의 앞접시를 비워두는 일이 없음.

냠냠쩝쩝 빌런
쯔업
쯔업
쯔업

쩝쩝소리로 다른 사람의 고막을 파괴함.
말하면서 먹기, 내용물 보여주기 등의 스킬이 있음.

불평불만 빌런
간이 너무 쎄고
상상하네 고기는 너무
값 못하는 것 같은데? 되게 별로
건더기는 하나도 없고
느꼈는데 고기가 냉동인
별점 높아서

기분 좋게 밥 먹으러 와서 하나 하나 꼬투리 잡기.
그러면서 잘만 먹음.

야채 싫어, 고기 좋아

싸부애이
MENU
MEAT
ONION
APRIKA
주문하시겠어요?

소고기만,
야채는 필요없어

부애이
MENU
MEAT
NION
RIKA
조금도요?

단
호
조금도 필요없어

소가 야채를 먹으니
야채는 필요없어

?

치느님

누군가는 돼지고기를 먹지 않고
누군가는 어패류를 먹지 않지만
우리 모두가 치킨은 사랑하지 않느냐!
그의 말이 맞아!

치킨배달 왔을 때

여긴 어디..난 누규?

꼬르륵

딩동~ 딩동~

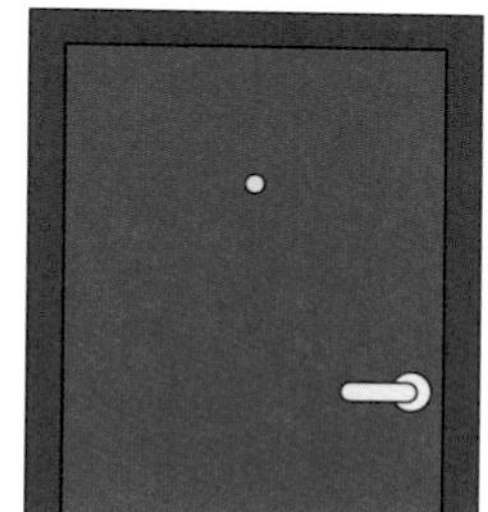

헤헷....치.....치킨이닭!!!!

잠 깰 때 커피 활용법

직장인 분들 모두 졸리시죠?
제가 잠 깨는 효과적인 방법을
알려드릴게요
저만 믿고 따라와주세요 ~!
자 모두 책상 위에
커피 하나 씩 있으시죠?????
다음 커피를 조심히
들어 올려주세요

그다음
커피를 키보드에 시원하게
부어주세요!

치킨 먹다 콜라 마실 때

호로로로록

맥주에 어울리는 안주

세계적 룰이 된
치킨에 맥주 크으~

짭짤한
페퍼로니 피자에도
맥주가 딱이지

배부를 때 쯤
나쵸로 달려보자!!

마무리는
먹태로 쭈욱 달리기
쭉 쭉쭉쭉

으어어어어
ㅇ ㅣ거히진ㅇㅎ째
마ㅆㅅ;ㅣ떠

소주에 어울리는 안주

소주엔 역시
골뱅이무침이지!
소주엔 역시
회지~

소주엔.. 역시...
삼겹살이지.. 헷

(딸꾹)
쇼..쟈ㅠ엔 여윽..시
막..챵이쥐...

막걸리에 어울리는 안주

샐러드 대신
프레쉬한 도토리묵~
막걸리

보쌈으로
혀에 기름칠 시작
막걸리

녹두전, 파전, 김치전,
육전, 굴전 등 세상
맛있는 전파티 시작
막걸리

마무리는
두부김치로 입안을
개운하게~~
막걸리

으어어어어
이거히진이흥째
마ㅆㅅ;ㅣ떠
막걸리

밀가루 끊기 장단점

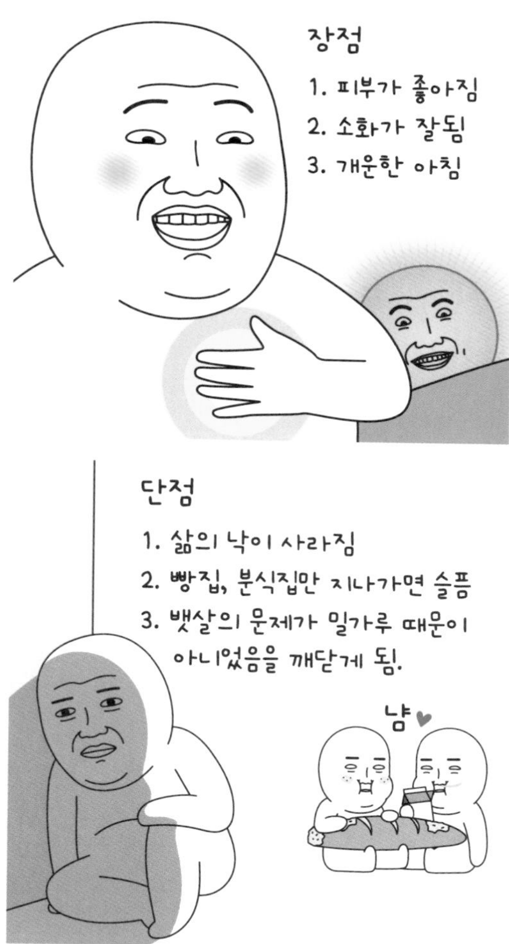
장점
1. 피부가 좋아짐
2. 소화가 잘됨
3. 개운한 아침
단점
1. 삶의 낙이 사라짐
2. 빵집, 분식집만 지나가면 슬픔
3. 뱃살의 문제가 밀가루 때문이 아니었음을 깨닫게 됨.
냠

보디프로필

1일 차
30일 차..
?

100일 차...

바디 프로필은 개뿔...

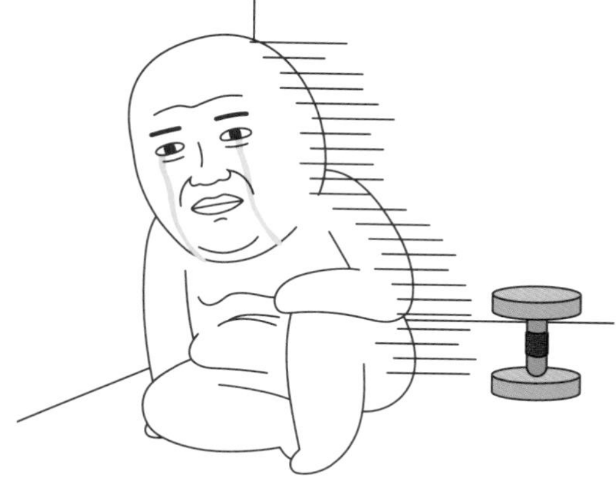

5장

나도 그런데

내가방 못 봤어?

엄마!
내 가방 못 봤어?
너 책상 위에 있을 거야!!!

책상 위에 없어!!!

책상 위에 있을 텐데~?

진짜
없다니까!!!

왜 엄마 말을 안 들어
쌍놈의 새끼야

할 것 다하고 하는 건데

짹깍
짹깍

짹깍
짹깍
짹깍
짹깍

탁!

흐아암~ 다 했다! 이제 겜 좀 해볼까?

벌컥!
흐흐

너는 하루 종일 게임만 하냐
쌍놈색갸!!!!!!

컴퓨터를 많이 해서 그래

엄마.. 나 머리 아파..

그거 컴퓨터 많이 해서
전자파 때문에 그래.

엄마 나 허리 아파..

그거 컴퓨터하느라 하루 종일
의자에 앉아 있어서 그래.

엄마.. 나 배 아파..
그거 밥 먹고 바로 컴퓨터 해서 소화 안돼서 그래.

엄마랑 밥 먹을 때

김치 와앙

편식하지 말고
김치 좀 먹어라

나물도
먹어야지

나물도 좀
먹어라

엄마는 다 알아

@#$%^!#%

엄마, 있잖아..

안 돼.

밥 다 됐어

밥 다 됐다~!
나와라~~
딸깍
딸깍
딸깍

펜타 킬!
딸깍
딸깍
어~ 잠깐만~

밥 다 됐으니까 당장 나와!!!!!
ㄷㄷㄷㄷ
아.. 이기고 있었는데..

엄마, 오늘 저녁은
뭐예..... 어?
휘잉

밥 좀 퍼.

엄마와 싸웠을 때

엄만 왜 말을 그렇게 하냐고!!!!!!!!!!
집에 있는 꼴 보기 싫으니까 나가!!!

흐흐흑...

얘가 언제
나갔지.....
다음날 아침...(상상중)

...
마음의 문을 닫은 척
짤군아

...
상처투성이인 척
짤군아
밥 먹어야지

이렇게
해야지 흥

엄마 오늘
아침밥 뭐 먹어?
다음날 아침(진짜)

김치찌개~

조기 좀 먹어라
ㅇㅇ
냠냠냠

자취의 이상과 현실

ZZAL
TODAY'S

자취생 현실

자도 자도 피곤해

2시간 동안
자고 난 후
?
10시간 동안
자고 난 후

오늘 하루도 고생했당
빨리 자야지~

째깍
째깍
째깍
째깍
째깍
째깍
악!!! ㅅㅂ
자려고 하면
왜 이렇게
잘 들려!!!!!!

몰래 자는 법

긴 머리로 가리기

손으로 가리기

간헐적으로 펜 돌리기

간간이 마우스 클릭하기

딸깍

급똥 대처법

무릎 꿇고 앉는다.

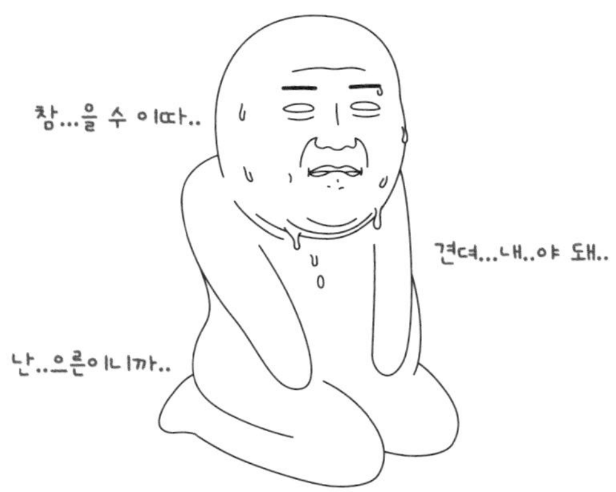
참...을 수 이따..
견뎌...내..야 돼..
난..으른이니까..

열렬히 기도한다.

하나님, 부처님,
공자님, 용신이시여....
제발 저의 인생이
여기서 끝나지 않게
해주시옵소서...

물체를 이용하여 엉덩이를 막는다.

don't think
무념무상
생각없음

그냥 싼다.

다음 생에 만나요...
모락
모락

사라진 똥

흡!
퐁
당

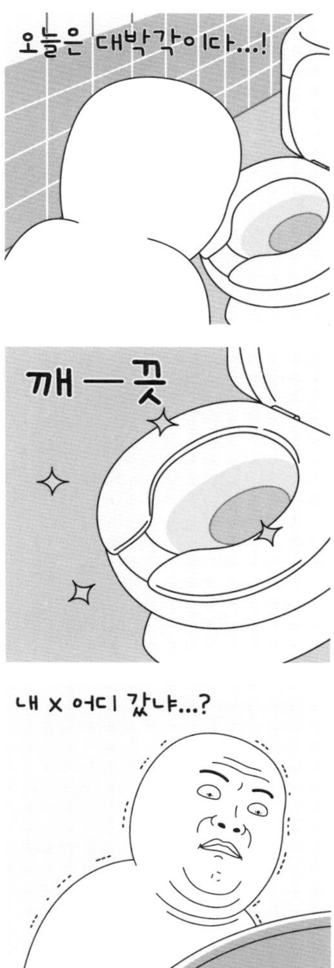
오늘은 대박각이다...!
깨—끗
내 X 어디 갔냐...?

넷플릭스 공감

오오 뭐가 많네

NETFLIX
다시보기 추천 콘텐츠
지금 뜨는 콘텐츠

볼 건 많은데
볼 게 없네

3시간째...
오늘 한국의 TOP 10 콘텐츠
TV 프로그램
고르다가 잠듦
P 10 콘텐츠

다운로드 공감

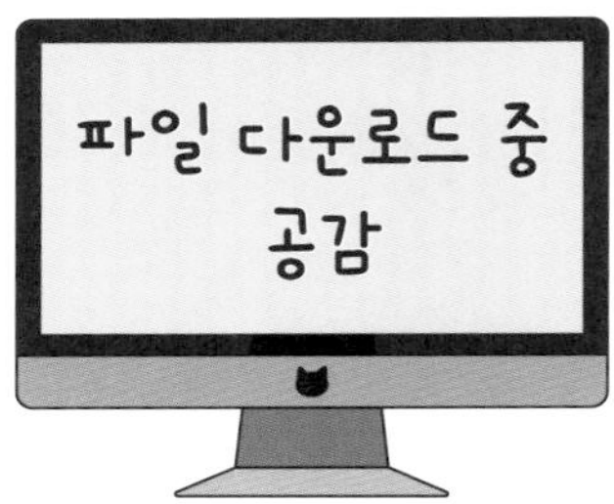
파일 다운로드 중
공감

파일 저장 중...
움직이고 있는 거야
아닌 거야
렉 걸렸나...

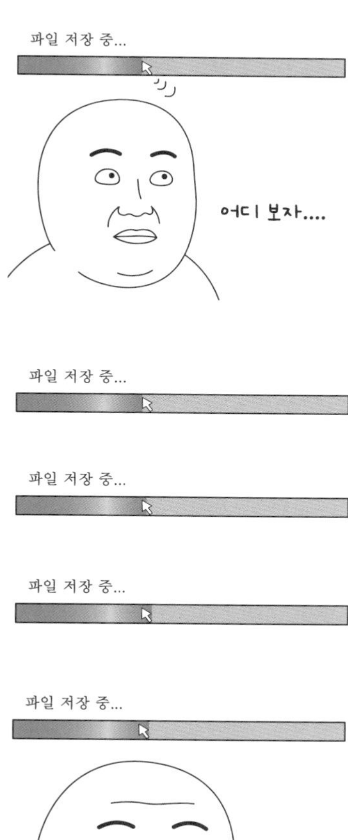
파일 저장 중...
어디 보자....
파일 저장 중...
파일 저장 중...
파일 저장 중...
파일 저장 중...
올ㅋ

드라마 볼 때 유형

과몰입 유형_내 일처럼 감정 폭발

흐컹허ㅇ엉크헝 그러지 마!! 안 돼!!!

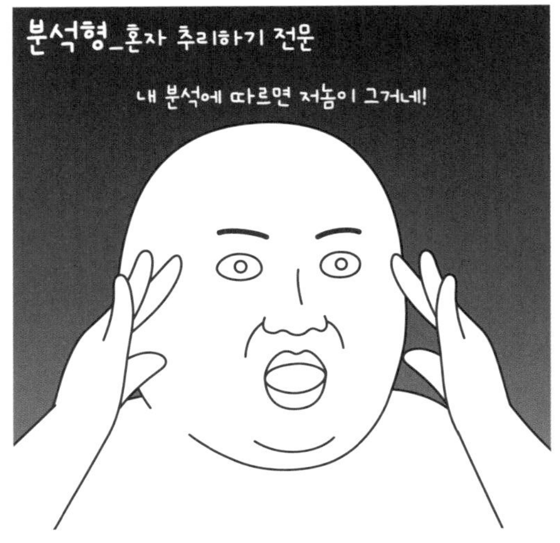
분석형_혼자 추리하기 전문
내 분석에 따르면 저놈이 그거네!

얼굴만 봐형_내용은 관심 없음

사!랑!해!요! 짤!양!
얼굴이 곧 연기다!!

거울치료 유형_내모습이 보영...

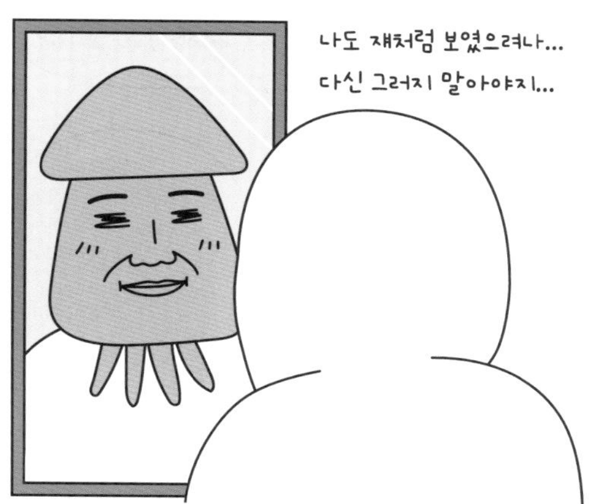
나도 재처럼 보였으려나...
다신 그러지 말아야지...

청소할 때 주의사항

집정리를 하던 도중 향수를
자극할 만한 무언가를 집었을 땐,
!

절대로 그것들을 3초 이상 쳐다 보지 마십시오.
오??
옛날 앨범~!!
어디 함 볼까?
이게 당신의 미래일 것입니다.
와 ㅋㅋㅋ
이때 겁나
흑역사네ㅋㅋ

집에서 혼자 노는 법 1_짤군편

영화감상

주의 : 영화만 고르다
시간 다 갈 수도 있음

ㅋㅋ

모형 조립
(5시간째)

낮잠
또 자??
드르렁..o...

집에서 혼자 노는 법 2_짤양편

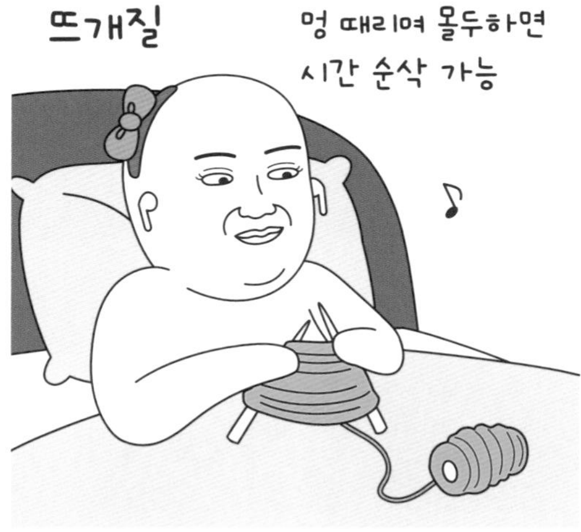
뜨개질
멍 때리며 몰두하면
시간 순삭 가능

홈 트레이닝

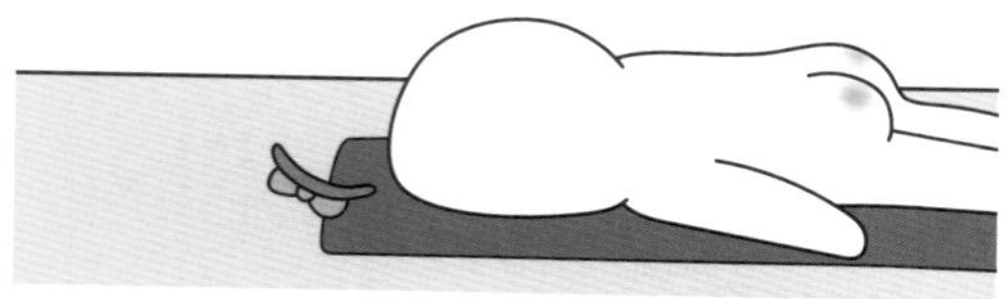

요리

화분 가꾸기

즐거움과 힐링을 동시에♥

컬러링북

ㅋㅋ

게임 최고로 안전한 모임
Lv.293 위계양개츠비
Lv.281 누가문을황현희

바람빼기 자세

아르마딜로 자세

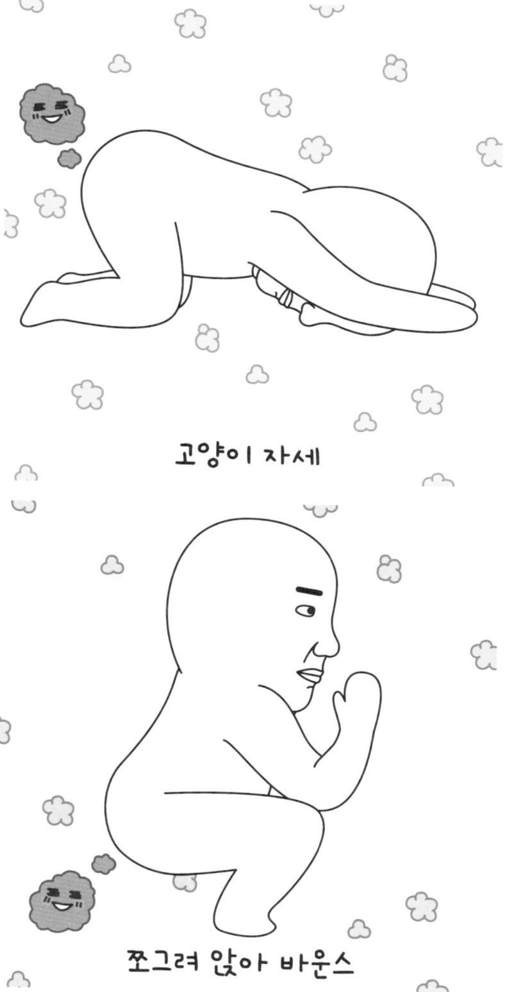
고양이 자세
쪼그려 앉아 바운스

게임과 현실 차이

게임할 때
징글
징글
다 털릴 준비 하셰이~
현실
징글..
지... 징그러
지, 징글..징

오늘의 할 일

좋아!
앞으로 계획적으로
사는 거야
오늘의 할 일을 적어보자!

오늘의 할 일

1. 미친 듯이 게임하기

2. 끝내주게 숨쉬기

3. 작살나게 밥 먹기

4. 간지나게 자기

아파도 인증샷

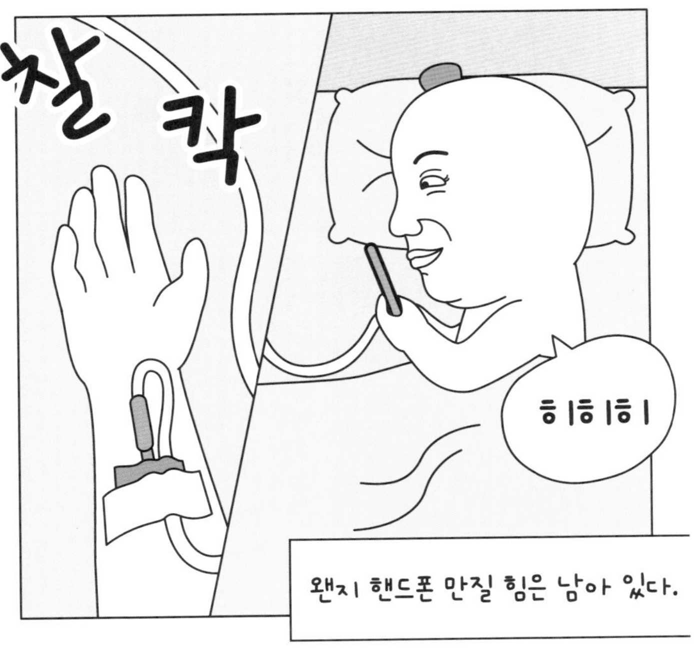
찰칵
히히히
왠지 핸드폰 만질 힘은 남아 있다.

폰 새로 샀을 때

폰 새로 사고 1주일
아주 소중하게 다룸
쪽
4주일
침대에 부드럽게 던짐
휙
8주일
아무 데나 던짐
뻥

바빠서…

아..커피 마실
시간도 없다..
쭈와압
타닥
타닥

남자들이 싸울 때 유형

아가리 파이터

ㅆX! 놔봐! 오늘
재 죽고 나 산다!!
ㅆX! XXX!
오늘 진짜 디진다!!

막상 안 말리면 안 싸움...

아이템전

ㅆX! 미친놈아!
그거 놔!! 비겁한 새끼야!
ㅆX! 니가 먼저
들었잖아
XXX야!!

울면 겁나 쎄짐

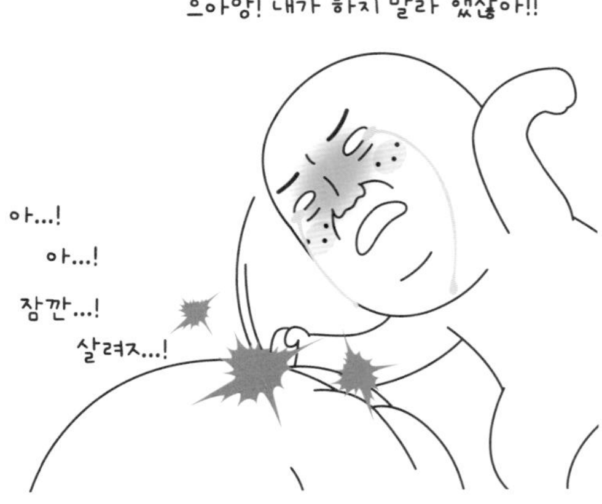
으아앙! 내가 하지 말라 했잖아!!
아...!
아...!
잠깐...!
살려ㅈ...!

평소엔 개 허약해 보이는데
알고 보면 개고수

자, 덤벼
재 실전무술 6년 했대.
우와아...

허세충

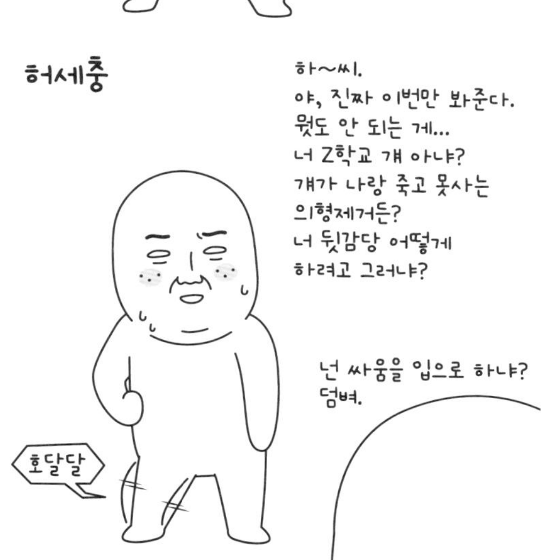
하~씨.
야, 진짜 이번만 봐준다.
뭐도 안 되는 게...
너 Z학교 개 아냐?
개가 나랑 죽고 못사는
의형제거든?
너 뒷감당 어떻게
하려고 그러냐?
호달달
넌 싸움을 입으로 하냐?
덤벼.

남자친구의 사진 실력

이쪽에 서!
응!

나 아직 준비 안 됐다...

너보다 셔터가 더 빠르다 짜샤...

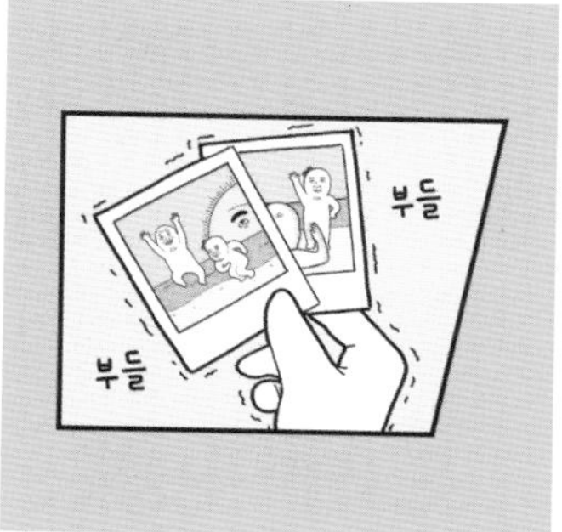
부들
부들

넌 도대체 잘하는 게 뭐이여!

남녀 씻기 전후

남자 씻기 전
밥 줘.
벅
벅

남자 씻은 후
훗

여자 씻기 전
샤랄랄라~

여자 씻은 후
똥 싸고
올 테니까
라면
끓여놔.

샤워온도 맞추기

조심...조심...

거의 다 왔어... 조금만 더...

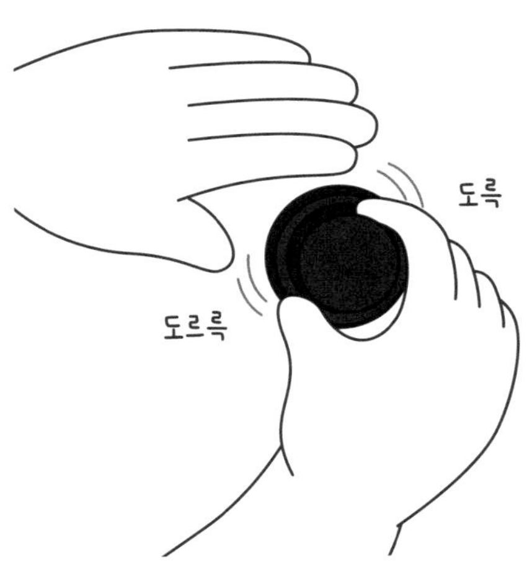
도륵
도르륵

"찰칵" 됐다! 해냈어~!

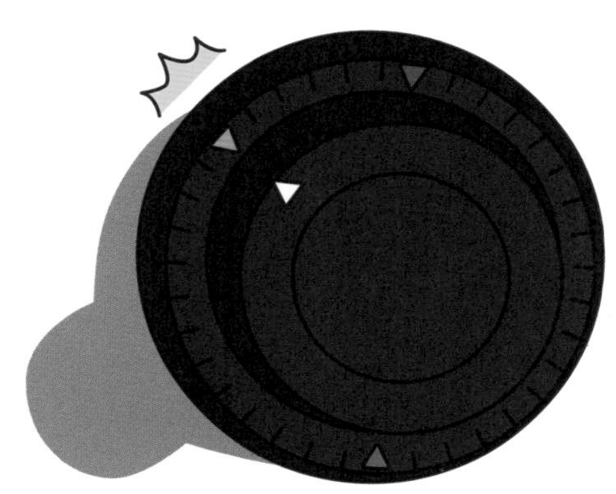

히햐~완벽한 온도야

화장 공감

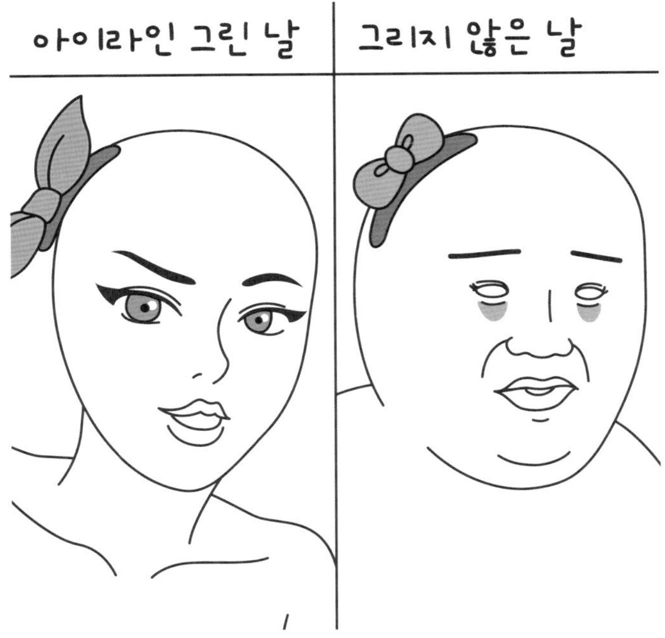
아이라인 그린 날
그리지 않은 날

유리멘탈
기 겁나 셈

긴소매 공감

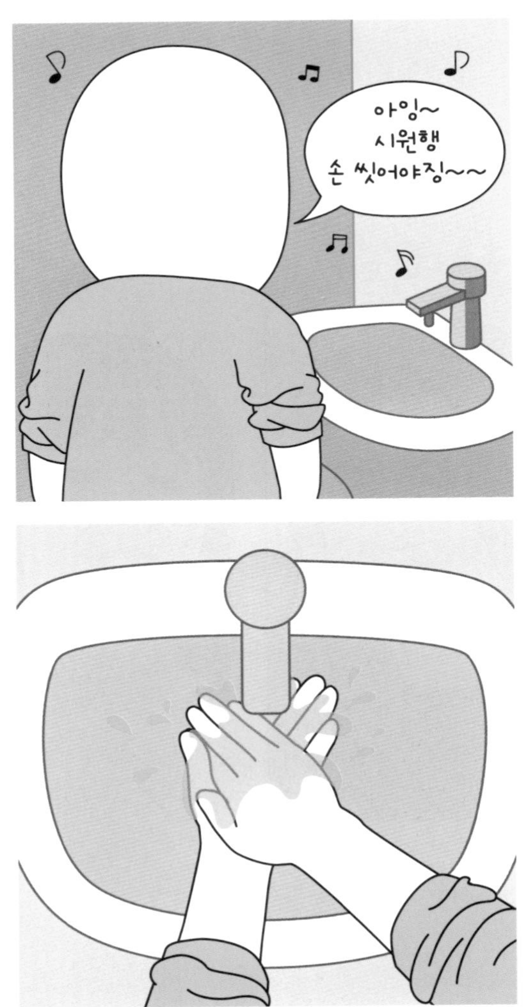
아잉~
시원행
손 씻어야징~~

스르륵-
악!!!!!!!!!!
!!!!!!!!!!!!!!
!!!!!!!!!!!

내향적인 사람 인간관계

나는 사람을 만나고...

친해지는 게 싫어!

소심한 사람의 잡생각 드는 밤

모두가 날 좋아할 수는 없으니까...

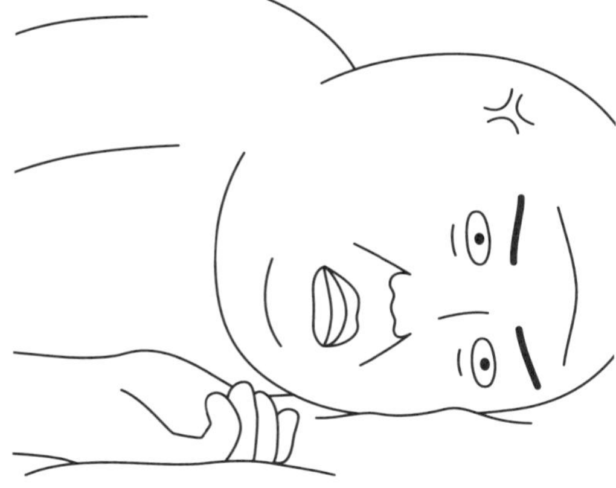
아니 쉬바 그래도

얼은이는 울지않아

울면

안되

난…

얼은이니까

..!....

-너무 심각하게 생각 마.
-나도 수많은 멍청한 짓을
하면서 살고 있어.

길에서 찐친을 만났을 때

...어?
ㅋㅋㅋㅋㅋㅋㅋㅋ
ㅋㅋㅋ아오ㅋㅋ
푸흐읏ㅋㅋ 풉
ㅁㅊㅅㄲ ㅋㅋㅋㅋ

거참
너무 하네
니얼굴
못생긴 걸
어떻게
위로해줘?
해도해도
너무 하네

악, 내 눈!

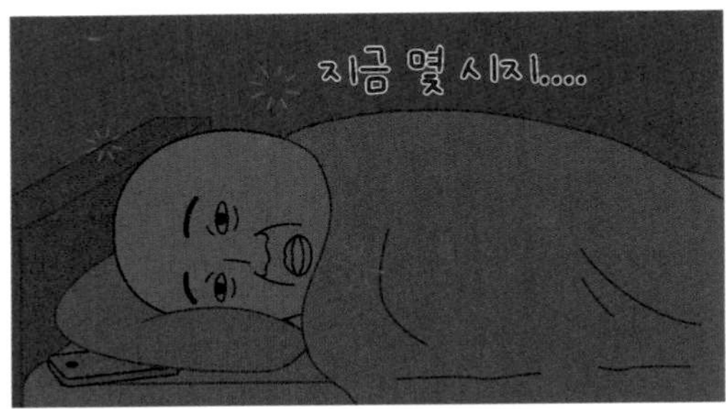
지금 몇 시지....

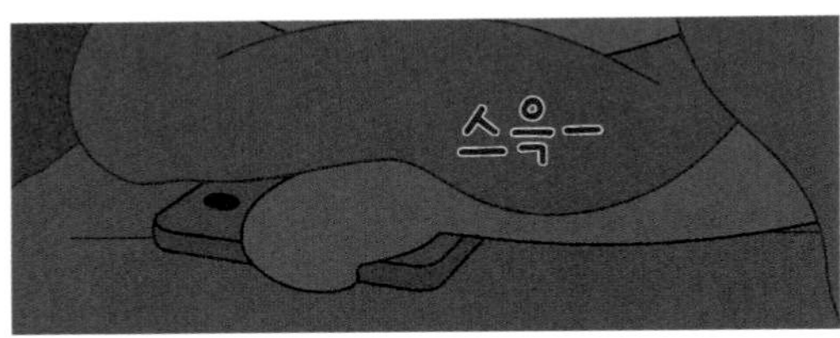
스윽-

아악!!!!! 눈뽕

우왕 오늘 달
짱 예쁘당 찍어야지~

얼마큼 가벼워?

나 얼마큼 가벼워??
사ㄴ...산소
탱크.....
아악!!!!!!!!

난 소주는 써서 못 먹어

난 소주는 써서 못 먹어

읍써서 못 먹어

크어어어 뻑예

사진에 진심인 편

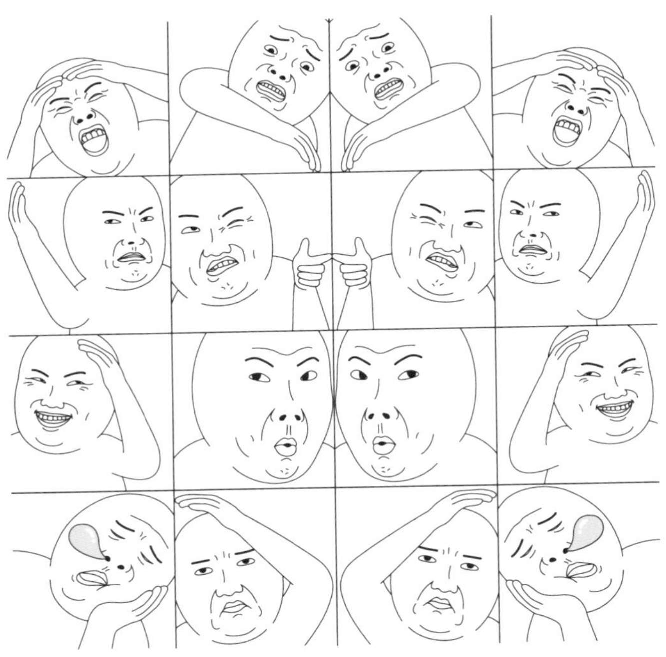

셀카, 실물, 남이 찍어 준 사진 비교

여자 ver.

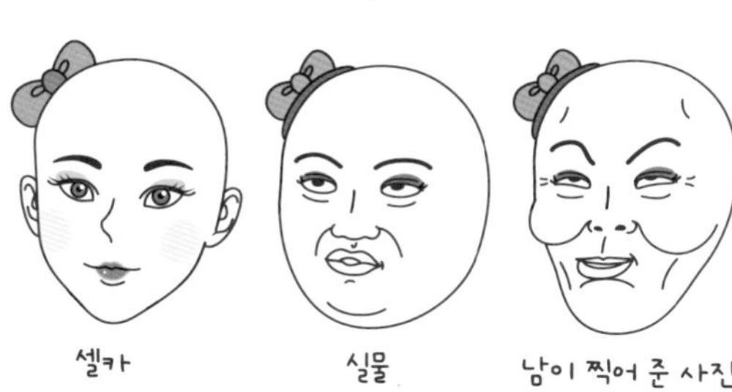
셀카
실물
남이 찍어 준 사진

남자 ver.

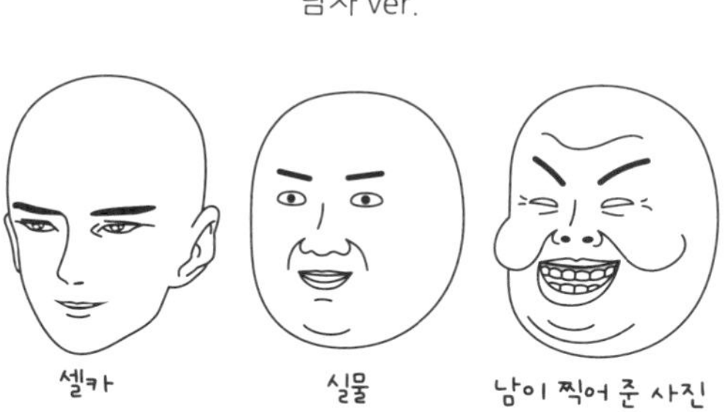
셀카
실물
남이 찍어 준 사진

전공자와 비전공자

내가
틀렸을 수도
있어
전공자
무조건
내가 맞아
비전공자

이어폰을 놓고 온 날

지하철 타는 사람 유형

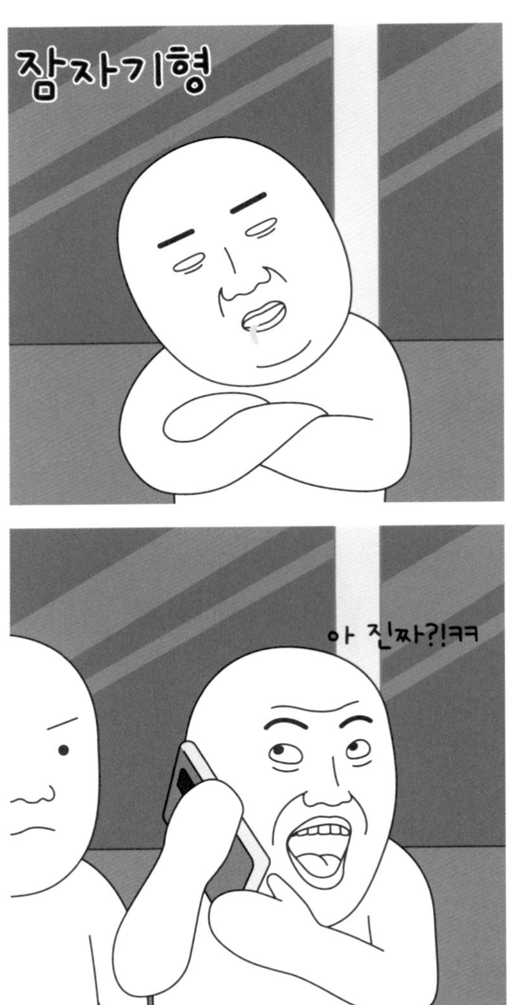
잠자기형
아 진짜?!ㅋㅋ

핸드폰형
염탐형

차 탈 때 빡치는 순간 BEST 5

데려다줬는데 문짝 풀 스윙으로 닫음

잘 탔어, 고마워~
쾅!!

내릴 때 문 안 닫고 집에 가버림
홍홍홍~ 집이당~♪
문 닫고 가, ㅅㅂ...

맨날 카풀해 주는데 커피 한번 안 삼

맨날 고맙다! 사랑한다!!
인간적으로 1년 탔으면
뭐라도 좀 사든지 ㅅㅂ...

A 카 타고 있는데 "차는 B 지" 함

역시 A반T는 승차감이 별로네.
차는 역시 B츠지.
...
A반T

운전 잘하고 있는데 호들갑 오지게 떪

우왁! 왁!! 부딪친다!!!
살려줘!!!
...

6장

그땐 그랬지

15년 전과 지금의 여가생활

15년 전

지금
헤헤헹

2030 나이를 실감하는 순간

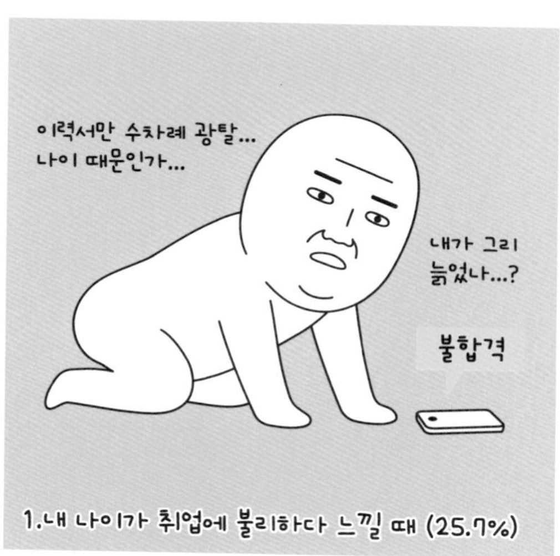
이력서만 수차례 광탈...
나이 때문인가...
내가 그리
늙었나...?
불합격
1.내 나이가 취업에 불리하다 느낄 때 (25.7%)

크어어어....
자도...자도...계...속...졸...ㄹ...
2.이유 없이 계속 피곤할 때 (20.8%)

쟤넨 누구야? 신인인가?
몰라. 이쁘네.
3.아이돌 가수를 모를 때 (20.4%)

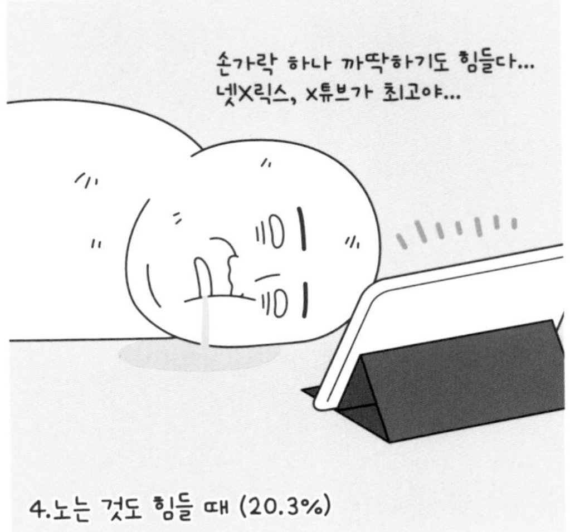
손가락 하나 까딱하기도 힘들다...
넷X릭스, X튜브가 최고야...
4.노는 것도 힘들 때 (20.3%)

나중에 뭐 먹고 살지...
해놓은 게 하나도 없는데...
5.노후가 걱정될 때 (16.1%)

2030 게이머들 공감 1

니가 애냐?!
그 나이에
게임하게?!

어릴 때는 안 사줬으면서!!!!

2030 게이머들 공감 2

	20대	30대
PM 8:00	게임할까?!	
PM 9:00	ㅋㅋ 존잼	슬슬 해볼까
PM 11:00	좀만 더해야징	하고 싶은데 몸이 안 움직여
AM 1:00	이제 자야 되는데 멈출 수가 없어	오늘은 게임 안 해도 돼

어렸을 적 몰컴

ㅋㅋㅋㅋㅋㅋㅋㅋㅋ

뚜벅
뚜벅
!!

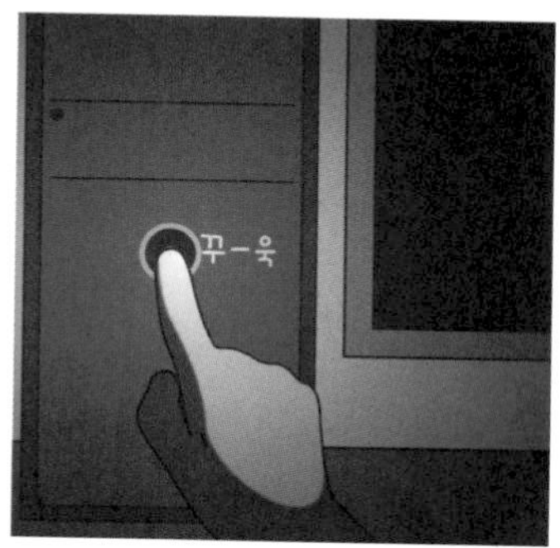
꾸-욱

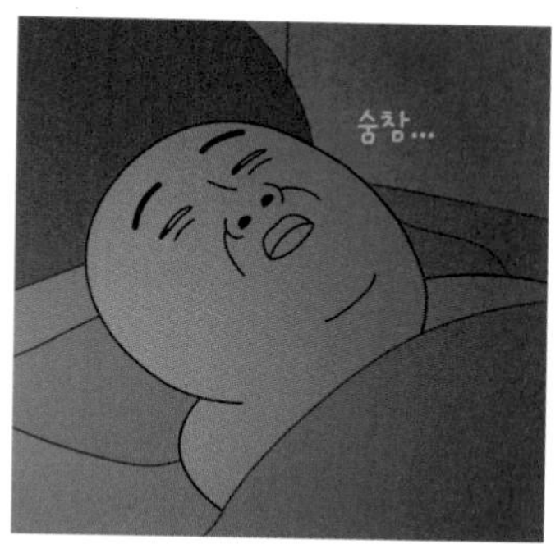
숭참...

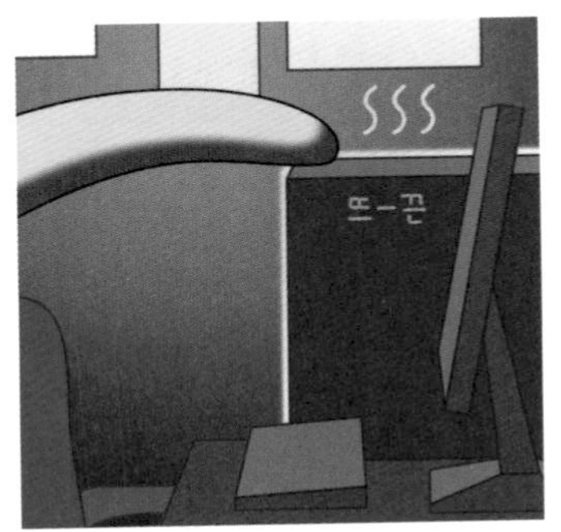

일어나 이 쉬끼야

어릴 때 한 번쯤은 해 본 것 1

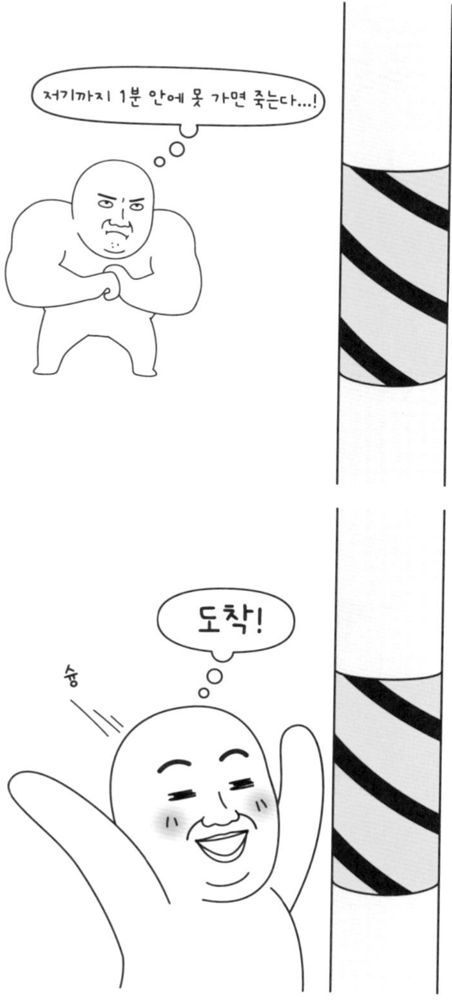

저기까지 1분 안에 못 가면 죽는다...!
도착!
슝

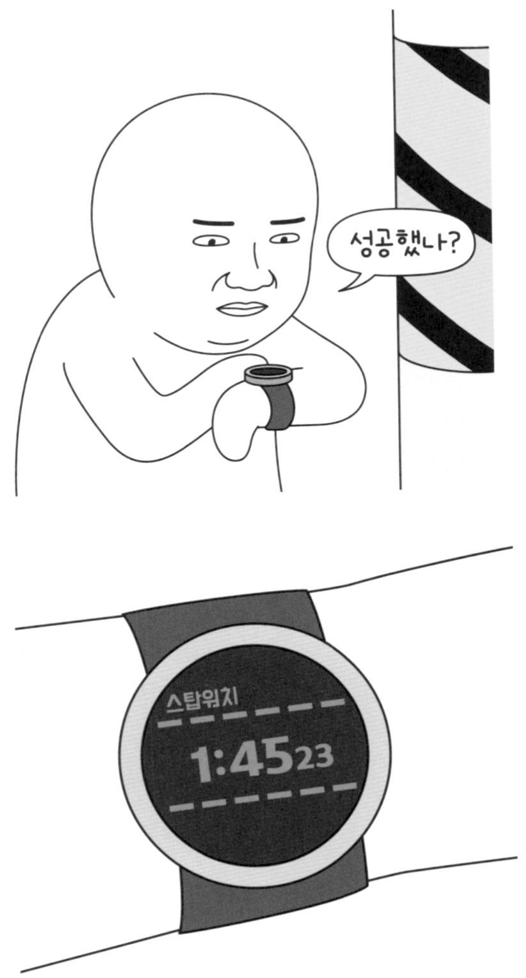
성공했나?
스탑워치
1:4523

이번 판은 가짜고
다음 판부터 진짜임.

어릴 때 한 번쯤은 해 본 것 2

연필로 지우개에 구멍 내기

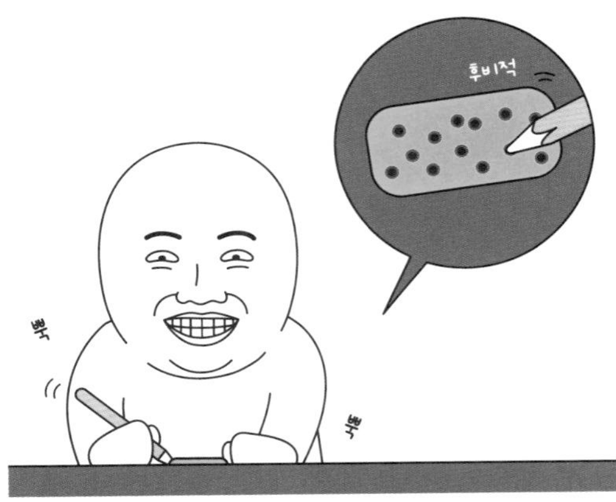
후비적
뿍
뿍

문틀 오르기

선풍기 기선 제압하기

아아ㅏㅏ아ㅏㅏ아아아아ㅏ아아아

냉장고 문 불 꺼지는 거 보기

이만큼 닫아야 꺼지는군...

옛날 vs 지금

기원전 10대

요즘 10대

여보, 전쟁에서
이기고 돌아왔소.

엄마, 벌레 좀
잡아줘요ㅠㅠ

이어폰 한 쪽이 망가져서
특정 자세에서만 소리가 들리는 중

?

학창시절

빨리 집가서
겜 해야징~
여기 연필 ~
잘 썼어!

그런건 미리미리 내놔
이 자식아

RPG게임

온라인 게임에서 아이템 다 팔고 나면,
다음 퀘스트에서 팔았던 아이템을
구해오라는데 그땐 더럽게 안 나온다.

도대체 몇 시간째야...ㅠㅠ
야...퀘스트 아이템 주고 죽어...
아깐 잘 줬잖아...
쿡
쿡

간신히 퀘스트를 완료하고 나면,
그 다음부터는 아이템이 다시 잘 나온다.

이젠 이건
그만 줘도 돼...
다른 아이템 줘...

비 올 때

비 오겠네
우산 챙겨야지
?...

흠... 어제도
괜찮았으니까
콰르릉ㅡ

노래방 공감

나 먼저 할게~
불러보고 싶은 게 있어
ㅇㅇ
꾹
꾹

일본노래
일본인 작사
일본인 작곡
일본노래?
ㅇㅇ

대충 일본어가사
부르는 중
뭐야?
왜 검색창이
안 떠?
리모컨
고장인가
꾹
꾹

일본노래 부를 땐
가사노출 때문에
검색창 안 떠.
엥?

대충 일본어가사
부르는 중
...

미용실 공감

자연스럽게
부탁드려요~

다 됐습니다 ~
컬 너무 잘 나오셨다~
?....

버스정류장

BUS
한참 남았네,,

15분 경과...

BUS
바글
바글
바글

부릉
왔다!
끼익

헬스장 유형

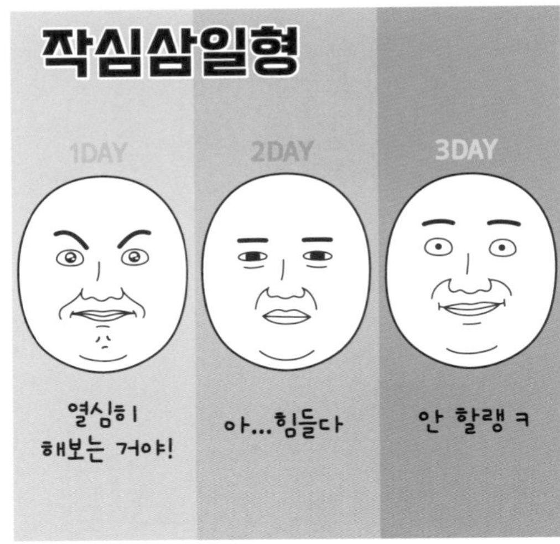

작심삼일형
1DAY
2DAY
3DAY
열심히
해보는 거야!
아...힘들다
안 할랭 ㅋ

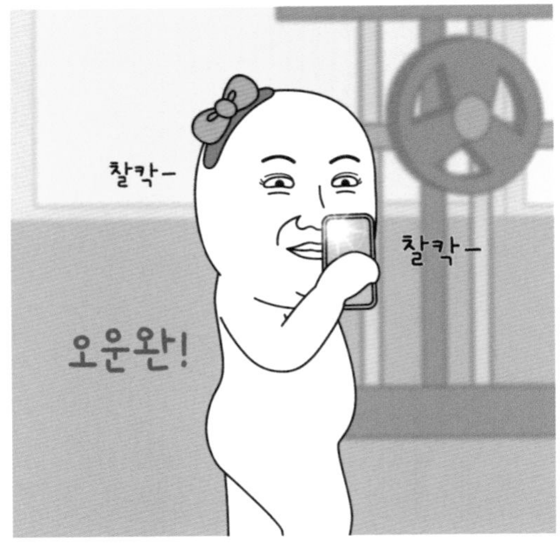

찰칵-
찰칵-
오운완!

유산소형
유산소만 해도
지방 다 태울 수있어 !!!!

핸드폰형
ㅋㅋㅋㅋㅋㅋ존잼
대충 시간 때우다
가야지

헬창형
맛있어
맛있어
맛있어

찜 빌런
안녕하세요!
다름이 아니오라, 이 자리는 제가
한달 전부터 계속 앉던 자리입니다!
중요한 시험을 앞두고 있어서
조그만한 변화에도 예민한지라,
아무쪼록 양해 부탁드려요.
다음부터는 이 자리를 비워주시면
감사드리겠습니다.
수고하세요!
뭐라는거야...
도서관과 독서실의 차이를 모름.
포스트잇을 무기로 씀.

투명인간
이 자리 한시간째 비어 있네
자리에 짐은 있지만 모습이 보이지 않음.

먹방 빌런
와삭!
와삭!

옥적은 공부가 아니라 먹방.
소리와 냄새로 공격함.

딥슬립 빌런
드르르르러러렁
Z
Z

장시간의 코골이로 광역 공격을 시전함.

잉꼬 커플
남들의 시선과 상관 없이 무한 애정행각 공세.

마스크 써서 좋은 점

웃을 때 추한 얼굴을 가릴 수 있음

ㅋㅋ
ㅋㅋ

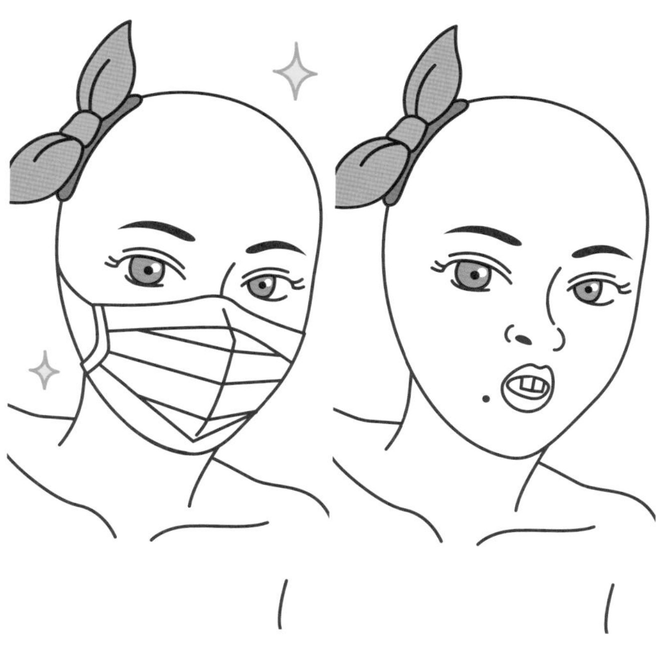

스쳐지나가는 봄 가을

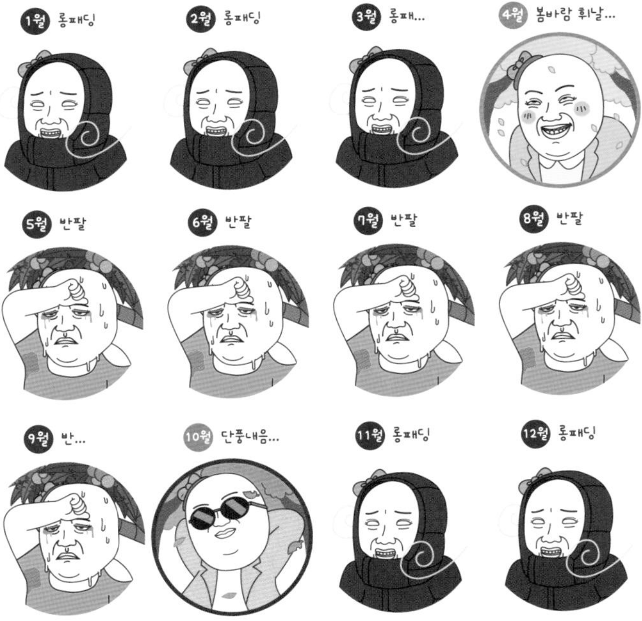
1월 롱패딩
2월 롱패딩
3월 롱패...
4월 봄바람 휘날...
5월 반팔
6월 반팔
7월 반팔
8월 반팔
9월 반...
10월 단풍내음...
11월 롱패딩
12월 롱패딩

사탕...
너한테 주려고 아무도 안 줬어

여름 공감

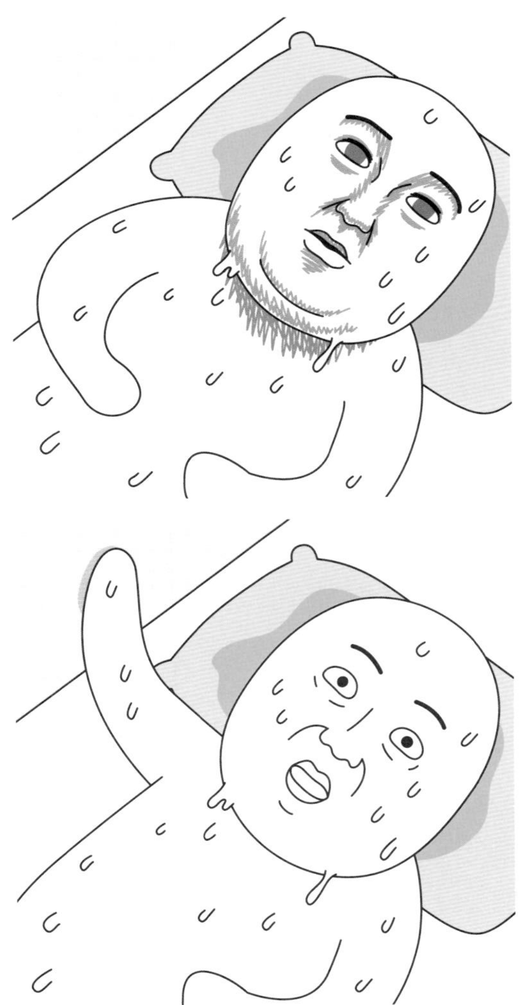

아이 시원해~

모기 공감

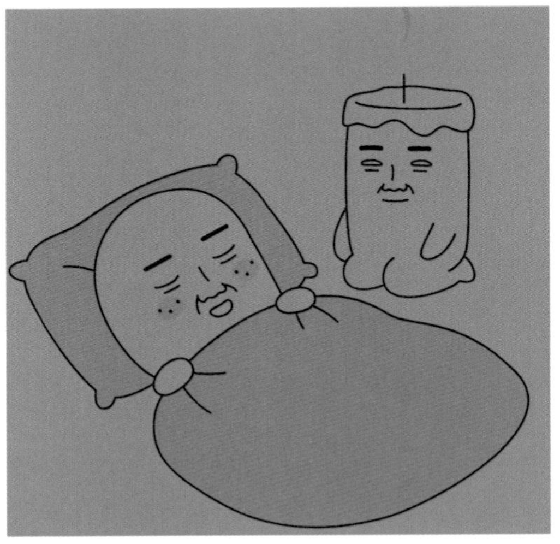

에엥에에엥
위이이이이이잉

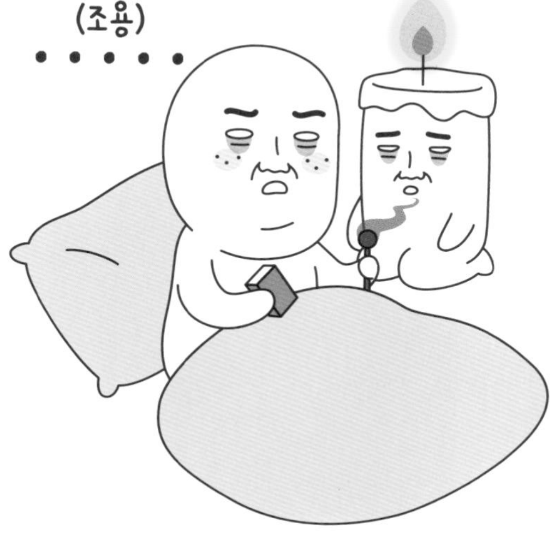
(조용)
• • • • •

태풍 칠 때

샤워하기 힘든 계절

뜨끈한 물로 샤워하기 좋은 계절...

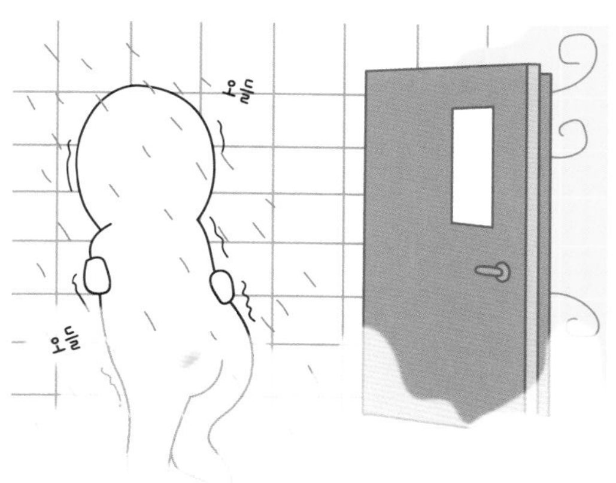

오들
오들

그리고 문 밖이 두려워 샤워를 멈출 수 없는 계절...

빼빼로데이

오늘은 꼭 성공할 테야!

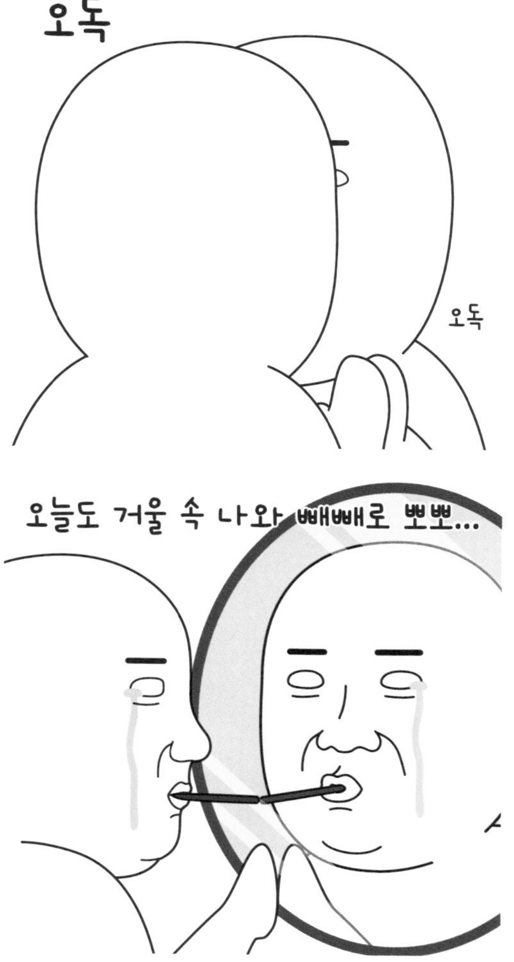
오독
오독
오늘도 거울 속 나와 빼빼로 뽀뽀...

핼러윈

우어어어어어어
사탕 내놔
크흐흐흐흐흐흐

전체~차렷!
네
네
네

날 심쿵사시키면 맛있는
사탕을 주지요~데헷
오~

심쿵사

캠프파이어

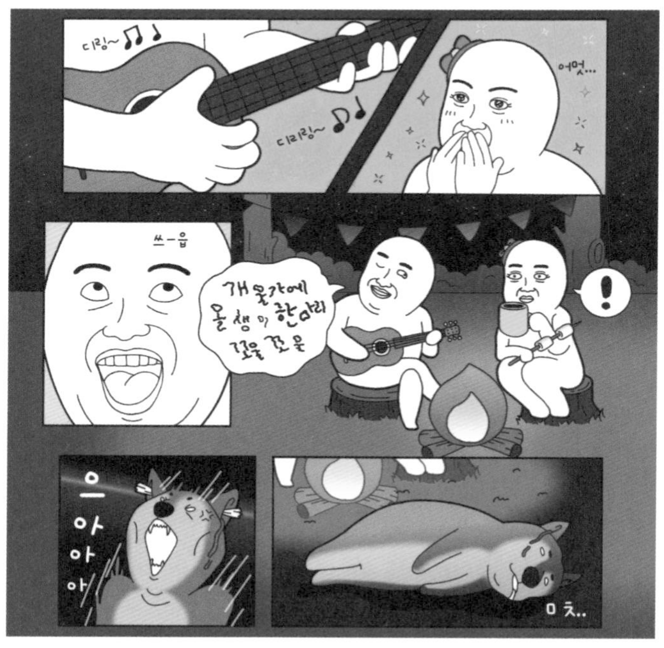
디링~
디리링~
어멋...
쓰-읍
개울가에
올챙이 한마리
꼬물 꼬물
!
으
아
아
아
ㅁㅊ..

아침에 일어났는데 추울 때

변기에 앉기 두려울 때

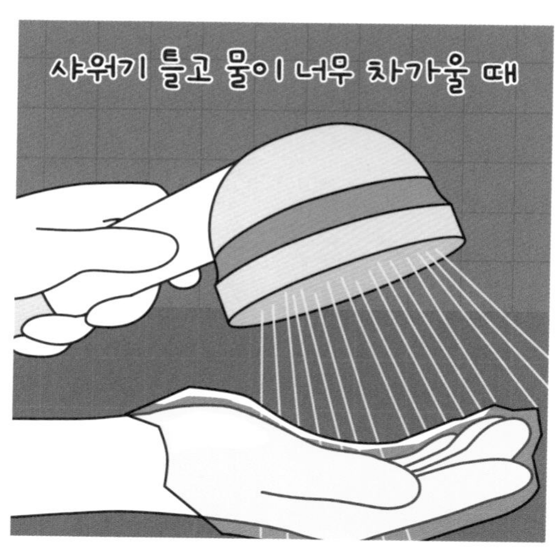
샤워기 틀고 물이 너무 차가울 때

길거리에 겨울간식들이 보일 때
붕어빵
타코야끼
호떡
고구마

실내 들어갔는데 안경에 김 서릴 때
아?....

연말에 혼자일까 봐 걱정될 때

겨울에 변기 앉을 때

힝..배아팡
다 왔으..

읏!
!
아잉~
챠가와~

연말 화이팅

또 한 해가
가는구나..
나도 이제
나이먹었는데
또 뭘 하겠나..

턱
해!!! 너 아직 XX젊어!!!
!
10년 뒤의 나

연말에 돌아본 나의 현실

연초에 세운 신년 계획

몸짱이 될 거야!
하하
자기야
우리 100일
축하해~
하하하
고마워
자기~

연말에 돌아본 나의 현실

@#$%^&~!!@~#
@#$%^&~!!@~#

연말연시 솔로 모습

설날 잔소리 가격표

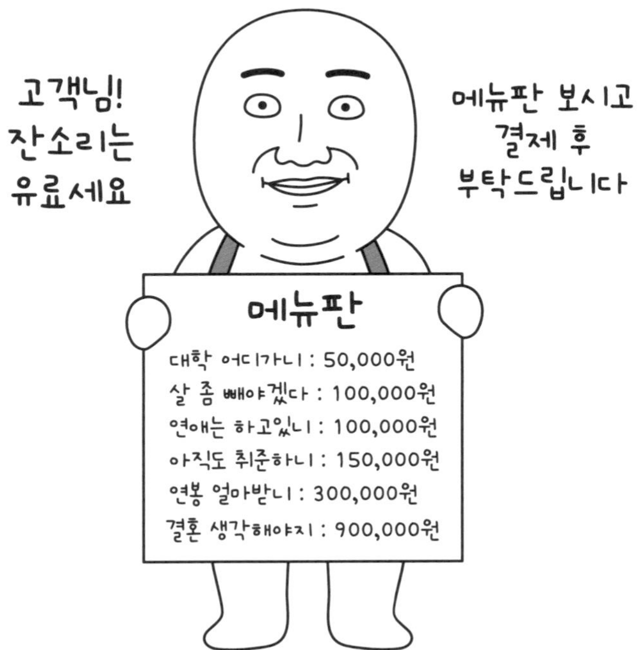
고객님!
잔소리는
유료세요
메뉴판 보시고
결제 후
부탁드립니다
메뉴판
대학 어디가니 : 50,000원
살 좀 빼야겠다 : 100,000원
연애는 하고있니 : 100,000원
아직도 취준하니 : 150,000원
연봉 얼마받니 : 300,000원
결혼 생각해야지 : 900,000원

새해 결심
삼형제다!
헬창이 되겠다
공부를 하겠다
책을 읽겠다